Obras de MIGUEL DE UNAMUNO en «Biblioteca de Autor»:

Niebla
Del sentimiento trágico de la vida
Abel Sánchez
Paisajes del alma
Diario íntimo
Recuerdos de niñez y de mocedad
Tres novelas ejemplares y un prólogo
Antología poética
    Introducción y selección de J. M. Valverde
La tía Tula

La agonía del cristianismo
Vida de Don Quijote y Sancho
Amor y pedagogía
San Manuel Bueno, mártir.
    Cómo se hace una novela
En torno al casticismo
Paz en la guerra
Por tierras de Portugal y de España
Andanzas y visiones españolas
El espejo de la muerte

La novela
de don Sandalio,
jugador de ajedrez,
y tres historias más

Biblioteca Unamuno

Miguel de
Unamuno

La novela de don Sandalio, jugador de ajedrez, y tres historias más

El libro de bolsillo
Biblioteca de autor
Alianza Editorial

Diseño de cubierta: Alianza Editorial
Proyecto de colección: Odile Atthalin y Rafael Celda
Ilustración de cubierta: Ignacio Zuloaga. *Paisaje de Tarazona* (fragmento).
© Ignacio Zuloaga. VEGAP, Madrid, 2009

Reservados todos los derechos. El contenido de esta obra está protegido por la Ley, que establece penas de prisión y/o multas, además de las correspondientes indemnizaciones por daños y perjuicios, para quienes reprodujeren, plagiaren, distribuyeren o comunicaren públicamente, en todo o en parte, una obra literaria, artística o científica, o su transformación, interpretación o ejecución artística fijada en cualquier tipo de soporte o comunicada a través de cualquier medio, sin la preceptiva autorización.

© Herederos de Miguel de Unamuno
   Este libro fue publicado por mediación de Ute Körner Literary Agent, S.L.,
   Barcelona - www.uklitag.com
© Alianza Editorial, S. A., Madrid, 2009
   Calle Juan Ignacio Luca de Tena, 15
   28027 Madrid; teléfono 91 393 88 88
   www.alianzaeditorial.es
   ISBN: 978-84-206-8261-7
   Depósito legal: M. 18.947-2009
   Composición: Gráficas Blanco, S. L.
   Impreso en Fernández Ciudad, S. L.
   Printed in Spain

SI QUIERE RECIBIR INFORMACIÓN PERIÓDICA SOBRE LAS NOVEDADES DE
ALIANZA EDITORIAL, ENVÍE UN CORREO ELECTRÓNICO A LA DIRECCIÓN:
alianzaeditorial@anaya.es

Nota del editor

En 1933, Unamuno reunió, tal y como había hecho ya trece años antes en el volumen *Tres novelas ejemplares y un prólogo* (1920)[1], cuatro de sus relatos en el volumen *San Manuel Bueno, mártir, y tres historias más*. Éstos eran, además del que dio título al volumen[2], «La novela de don Sandalio, jugador de ajedrez», «Un pobre hombre rico o El sentimiento cómico de la vida» y «Una historia de amor».

El empeño de Alianza Editorial por poner al alcance del lector lo más relevante de la obra de Unamuno, la lleva hoy a presentar este volumen en el que se integran esos tres relatos y el prólogo (en apéndice) que acompañaron en su día a «San Manuel...», a los que se añade otra composición de importancia en la obra del autor vasco: «Tulio Montalbán y Julio Macedo».

«La novela de don Sandalio, jugador de ajedrez» es, como afirma Ricardo Gullón[3], la novela de la incomunicación humana y de los sucedáneos inventados para disimularla: «El ajedrez es símbolo de la conducta concentrada y reconcentrada del ser y el vivir ajenos e indiferentes a cuanto nos rodea y a la persona misma del compañero de juego. El ajedrez es pretexto para encontrarse sin decirse, para relacionarse sin comunicarse».

Según Unamuno, esta historia tiene su origen en un manuscrito preexistente: «No hace mucho recibí carta de un lector para mí desconocido, y luego copia de parte de una correspondencia que tuvo con un amigo suyo y en que éste le contaba el conocimiento que hizo de un don Sandalio, jugador de ajedrez, y le trazaba la característica de don Sandalio».

En la versión de Unamuno, el narrador cuenta sus experiencias en una serie de cartas dirigidas a su amigo Felipe, fechadas entre el 31 de agosto y el 20 de noviembre de 1910. A pesar de su papel importantísimo en el relato, poco sabemos de él. Sólo que se ha marchado a descansar a un apacible rincón de la costa, al pie de las montañas, para huir de la «sociedad de los llamados prójimos o semejantes» y debido a un ataque de «antropofobia», pues «a los hombres, más que los odio los temo».

Reaparece aquí la aversión de Unamuno, también denominada «enfermedad de Flaubert»[4], a la estupidez y a la tontería de los demás, aunque éstas aparezcan envueltas en la bondad (hasta llegó a afirmar que prefería al hombre inteligente y malo que al tonto y bueno).

Para paliar un poco la soledad, el narrador se hace socio transeúnte del Casino, donde se convierte en mirón de las partidas de tresillo, de tute y de mus (prefiere el tresillo porque se habla menos que en el mus). Allí conoce a un solitario, silencioso y vegetativo jugador de ajedrez, llamado don Sandalio, que pone toda su alma en el juego, y con quien entabla varias partidas: «No he podido columbrar nada de su vida, ni en rigor me importa gran cosa. Prefiero imaginármela».

Unamuno desarrolla aquí ideas que había expresado en su artículo «Sobre el ajedrez»[5], en el que afirmaba que cada jugador desconoce por completo la vida y la personalidad del otro, a pesar del mucho tiempo que han pasado frente a frente:

En mi época de ajedrecimanía solía yo jugar con un ancianito que no parecía vivir sino para el ajedrez. Todas las tardes me pasaba dos o tres horas jugando con él. Y jamás supe sino su nombre, que hoy ya no lo recuerdo. No sé de dónde, ni cómo era ni qué ideas tenía en nada de su vida pasada. No nos unía más que la común afición al ajedrez. Y así se ve que dos hombres pueden reunirse todos los días dos, tres o más horas, en torno a un tablero a comerse caballos y torres y convertir a peones en reinas y desconocerse profundamente el uno al otro, manteniéndose mutuamente extraños [...]. Dos hombres pueden pensar y sentir del modo más opuesto, ser en el fondo incompatibles el uno con el otro, y juntarse a jugar al ajedrez. Un día falta uno de los jugadores, dura su ausencia unos días, al cabo de ellos vuelve a su hábito, pero vestido de luto y con aspecto de cierta tristeza. En esos días ha quedado viudo. Y puede muy bien ocurrir que su competidor lo ignore.

Antes, en el cuento «Las tijeras» (1889)[6], Unamuno había presentado la amistad superficial entre dos viejos: «Iban al café a desahogar su bilis en monólogos dialogados, amodorrados al arrullo de conversaciones necias y respirando vaho humano». El descontento con el mundo lleva a uno de ellos a exclamar: «Nadie me ha hecho más daño que los que decían hacérmelo por mi bien».

A partir de la fachada puramente externa, el narrador le inventa a don Sandalio una personalidad que llega a obsesionarlo.

Después, las cosas que le cuentan de su vida –se le ha muerto un hijo, lo encarcelan, muere en la cárcel– no coinciden con la «novela» que él ha elaborado. Pero se niega a aceptarlas. El don Sandalio verdadero es el que él se ha inventado, el que jugaba callado y atento a los movimientos de las piezas. Cuando su yerno le pregunta si no quería a don Sandalio, lo ataja vivamente:

Sí, pero a mi don Sandalio, ¿lo entiende usted?, al mío, al que jugaba conmigo silenciosamente al ajedrez, y no al de usted, no a su suegro [...]. Me niego redondamente a saber nada más de lo que usted pueda contarme. Me basta con lo que yo me invento.

Después de la muerte de don Sandalio, el narrador se sorprende al enterarse de que el difunto también hablaba de él en su casa (probablemente lo inventó, lo mismo que él lo había inventado a él). Esto lo lleva a reflexionar sobre el problema de la personalidad, del ser o no ser y del ser una cosa u otra: «¿Qué seré, cómo seré yo para don Sandalio? ¿Qué pensará de mí? ¿Cómo seré yo para él? ¿Quién seré yo para él?».

Diversos autores (Vladimir Nabokov y Stefan Zweig, entre otros muchos) también se han referido al poder enajenante de este juego. En el mencionado artículo sobre el ajedrez, Unamuno defendió que este juego es o puede ser escuela de buenos modales, pero no servirá para allanar diferencias e incompatibilidades. Las personas que llenan su espíritu con la cultura, la ciencia o con una actividad útil, no necesitan entregarse a ningún juego. Lo que debe promoverse es otra sociedad más íntima, más espiritual. También niega que el ajedrez favorezca la tendencia de las personas a desarrollar su faceta afectiva. El ajedrez es un símbolo de la sociabilidad sin intimidad, de una relación sin proximidad espiritual. Para él, debe fomentarse una convivencia más íntima, libre y espiritual y estimular a los jóvenes para que se centren en el estudio: «Hay que hacer de los Casinos verdaderos hogares de ideas. Hogares y, a la vez, templos». A Unamuno le parece mejor para aguzar las facultades psicológicas de las personas el tresillo e incluso el mus: «En el tresillo hay que contar más, mucho más, con el conocimiento del adversario. Y además entra en él un factor de azar, de suerte, que le eleva en dignidad, como juego artístico, sobre el ajedrez»[7]. Antes, en «Los crímenes de la calle Morgue», también Edgar Allan Poe había antepuesto los valores educativos de otros juegos: «el máximo grado de reflexión se ve puesto a prueba por el modesto juego de damas en forma más intensa y beneficiosa que por toda la estudiada frivolidad del ajedrez»[8].

En la siguiente de las novelitas aquí recogidas, «Un pobre hombre rico o El sentimiento cómico de la vida», el protagonista, don Emeterio Alfonso –Alfonso debe verse como apellido– es un empleado de veinticuatro años, soltero y dueño de un capitalito modesto. Los sábados se permitía ir al teatro, siempre a ver comedias o sainetes, pero nunca dramas. Su cualidad dominante es la de ser ahorrativo y la de no comprometerse. Lo ahorra todo: dinero, trabajo, salud, afectos. Su vida es una constante precaución para no gastarse, para no abusar. Emeterio no crea nada, ni quiere crearlo; es un mirón. Su vida es un mirar, ni siquiera un ver, pues lo que mira se le escapa entre los ojos sin revelarse. La mirada y la distancia lo protegen del mundo en que vive.

Como tantos personajes unamunianos, Emeterio tiene un amigo, Celedonio Ibáñez (San Emeterio y San Celedonio son los santos patronos de Santander), que fue discípulo de don Fulgencio Entrambosmares, el filósofo de la novela *Amor y pedagogía*[9]. También le enseña a jugar al ajedrez, a descifrar charadas, jeroglíficos, logogrifos, palabras cruzadas y demás problemas inocentes, y, sobre todo, se convierte en su consejero, casi en su confesor.

La técnica de Unamuno es tan sencilla como siempre. A través de la conversación dramatiza el problema y pone de relieve la angustia íntima del personaje, su conflicto de conciencia. Lo esencial de la novelita se hallará en esas conversaciones entre ambos, en las confidencias y puntualizaciones características de sus encuentros.

Don Emeterio se enamora de Rosita, la hija de doña Tomasa, su patrona. Pero el temor de ser engañado lo retrae, y deja que su amada se case con un tal Martínez, «opositor a cátedras de psicología», presencia fugaz en la novelita, de quien Unamuno habla con sorna por boca de Celedonio.

Como mirón, Emeterio se ejercita en la tarea, propia de tímidos y de contemplativos, de *encerrador*, es decir, del que se encuentra en la calle o en otro sitio a una moza de buena estampa, a la que sigue sin acercarse y sin dirigirle la palabra, hasta que la deja en su casa (a esta tarea se había entregado inicialmente Augusto Pérez en *Niebla*[10], aunque después no se contenta con mirar y pasear). Así, Emeterio «dio primero en seguir a las tobilleras; luego a los que las seguían tras los tobillos; después, en oír los chicoleos y las respuestas de ellas, y por último, en perseguir parejas». Al llegar más tarde a una etapa de profunda soledad interior, en la que se entrega, convertido en mirón, a extravagancias como la de seguir por la calle a todas las parejas que encuentra, vuelve a enamorarse de una muchacha, Clotilde, que resulta hija de su antiguo amor. La corteja –«el pasado que pudo haber sido y no fue»–, pero la joven, enamorada de un joven de su edad, se las arregla de modo que Emeterio se case con su madre, ya viuda: «Y se casaron el mismo día la madre con Emeterio y la hija con Paquito. Y se fueron a vivir juntos los dos matrimonios. Y se jubiló Emeterio. Y fue una doble luna de miel, la una menguante y la otra creciente». A pesar de esto la tardía confesión de Emeterio a Celedonio es patética y resume su íntima tragedia: «Ya no sé quién soy»; «Ya no sé ni si soy... vivo».

En la novela se introducen elementos cómicos y juegos de palabras. Celedonio toma de Unamuno la afición a jugar con las palabras para extraerles nuevo sentido (los significados de las «pupilas» y de «casa de trato» o la ironía en las precisiones sobre los alcahuetes), o simplemente para hacer chistes. El autor precisa: «He de confesar, ¡por Quevedo!, que en esta novelita he procurado contar las cosas a la pata la llana, pero no he podido esquivar ciertos conceptismos y hasta juegos de palabras con que distraer unas veces y atraer otras la atención del lector. Porque el conceptismo es muy útil». A veces las respuestas de Celedonio recuerdan las astracanadas o los diálogos de los espectáculos arrevistados de la época. Emeterio está diciendo que su hijastra, Clotilde, ha superado en hermosura a su madre, Rosita: «Es una joya [...]; es su madre mejorada». Lo que el amigo subraya con un tosco equívoco: «Vamos, sí, mejor *montada*».

En una nota fechada en Salamanca en diciembre de 1930, Unamuno cree oportuno aclararle a sus lectores, acostumbrados a los desenlaces trágicos de sus obras, el final de don Emeterio: «Pero estos hombres así, a lo Emeterio –o don Emeterio de Alfonso–, no se matan ni se mueren, son inmortales, o más bien resucitan en cadena. Y confío, lectores, en que mi Emeterio Alfonso será inmortal».

La tercera de estas novelas, «Una historia de amor», era conocida, pues había aparecido ya el 22 de diciembre de 1911 en *El Cuento Semanal,* donde el autor la tenía, según nos dice en el prólogo a *San Manuel...,* olvidada.

En ella, los protagonistas, Ricardo y Liduvina son dos novios de pueblo abrumados por la monotonía. En realidad, él no estaba enamorado de veras de ella, «y tal vez no lo había estado nunca». En realidad, «había nacido para apóstol de la palabra del Señor y no para padre de familia, menos para marido, y redondamente nada para novio». Después de cinco años de relaciones, ambos deciden una fuga, que realizan tristemente, sin convicción, y que termina con un alicaído retorno a sus respectivas casas a las veinticuatro horas. Ricardo entra en una orden religiosa, en la que, por sus penitencias y sus artes de predicador apasionado –le interesan sobre todo la oratoria y la teatralidad– consigue fama:

La vida del novicio fray Ricardo llegó a espantar al maestro de ellos; tan excesiva era. Entregábase con un ardor insano a la oración, a la penitencia, al recogimiento y, sobre todo, al estudio. No, no era natural aquello; parecía más obra de desesperación diabólica que no de dulce confianza en la gracia de Dios y en los méritos de su Hijo humanado [...]. Sus hermanos, los más novicios, le miraban con un cierto recelo y también con envidia, con esa triste envidia que es la plaga oculta de los conventos.

También Liduvina ingresa en un convento de monjas benedictinas.

Paradójicamente, cuando están separados para siempre es cuando se sienten más juntos, más próximos que nunca. En su soledad han descubierto el amor. Al final, uno de los sermones más emotivos de Ricardo se ve cortado por el desgarrón de un sollozo que venía de detrás de la reja encortinada del coro: «Al abrazarse y fundirse en uno de sus sollozos, fundiéronse sus corazones, cayéronseles como abrasadas vestiduras, y quedó al desnudo y descubierto el amor, que desde aquella triste fuga les había sustentado las sendas soledades»[11].

En esta novela, lo mismo que en las dos anteriores, se prescinde del pueblo, tan importante en «San Manuel...».

Podría preguntarse por los motivos que llevaron a Unamuno a reunir en un mismo volumen unos relatos de tan distinta inspiración. Él mismo lo explica en el prólogo:

Poniéndome a pensar, claro que a redromano, o *a posteriori*, en ello, he creído darme cuenta de que tanto a don Manuel Bueno y a Lázaro Carballino como a don Sandalio el ajedrecista y al corresponsal de Felipe que cuenta su novela y, por otra parte, no tan sólo a Emeterio Alfonso y a Celedonio Ibáñez, sino a la misma Rosita, lo que les atosigaba era el pavoroso problema de la personalidad, si uno es lo que es y seguirá siendo lo que es. [...] Ese problema, esa congoja, mejor, de la conciencia de la propia personalidad –congoja unas veces trágica y otras cómica– es el que me ha inspirado para casi todos mis personajes de ficción. Don Manuel Bueno busca, al ir a morirse, fundir –o sea, salvar– su personalidad en la de su pueblo, don Sandalio recata su personalidad misteriosa, y en cuanto al pobre hombre Emeterio, se la quiere reservar, ahorrativamente, para sí mismo, y al fin sirve a los fines de otra personalidad[12].

También establece relaciones entre las novelas aquí recogidas:

Si a alguien le pareciere mal que junte en un tomo a *San Manuel Bueno* con *Un pobre hombre rico,* póngase a reflexionar y verá qué íntimas profundas relaciones unen al hombre que comprometió toda su vida a la salud eterna de sus prójimos [Don Manuel], renunciando a reproducirse, y al que no quiso comprometerse, sino ahorrarse [Don Emeterio][13].

En el capítulo 22 de «La novela de don Sandalio», el narrador le comunica a su amigo Felipe:

El problema más hondo de nuestra novela, de la tuya, Felipe, de la mía, de la de don Sandalio, es un problema de personalidad, de ser o no ser, y no de comer o no comer, de amar o ser amado; nuestra novela, la de cada uno de nosotros, es si somos más que ajedrecistas, o tresillistas, tutistas, o casineros, o... la profesión, oficio, religión o deporte que quieras, y esta novela se la dejo a cada cual que se la sueñe como mejor le aproveche, le distraiga o le consuele.

Unamuno sigue fiel, en estas novelas, a los diálogos densos, cuajados de reflexiones existenciales, y a la escasa acción. Para José Ferrater Mora, lo circunstancial es reducido a un mínimo o francamente eliminado, los diálogos, aun los aparentemente más triviales, no constituyen un «ambiente» o una atmósfera. La finalidad de Unamuno es, lejos de los pormenores descriptivos pasajeros del realismo, profundizar en el drama íntimo de sus personajes, en darles la mayor intensidad y el mayor carácter dramático posible[14]. Él mismo, en *Tres novelas ejemplares y un prólogo*, precisa: «La realidad no la constituyen las bambalinas, ni las decoraciones, ni el traje, ni el paisaje, ni el mobiliario, ni las acotaciones».

Algo distinto puede ser el caso de la historia que cierra este volumen, «Tulio Montalbán y Julio Macedo», donde Unamuno, en cambio, prodiga las descripciones y precisiones espaciales, y cuya acción se desarrolla en una ciudad isleña y de aspecto colonial, capital de una isla, más bien islote, perdido en el océano.

En ella, el protagonista, don Juan Manuel Solórzano, un caballero empobrecido, pero orgulloso de su linaje, está dedicado al estudio de la historia:

Proponíase escribir copiosa y menudamente de su isla, y muy en especial de los linajes de la docena, mal contada, de familias patricias, de descendientes de los primitivos colonos y conquistadores que aún en ella quedaban. Entre los cuales linajes estaba, naturalmente, como el primero, el de los Solórzanos. Y por ser don Juan Manuel el mayorazgo de esta vieja casa colonial, se creía algo así como el virrey honorario de la isla. Y era su fuerte la genealogía.

De origen español, Solórzano, aislado del mundo y de sus conciudadanos, vive, en un antiguo caserón, con su soñadora y exaltada hija Elvira.

La joven, huérfana de madre, soltera y sin amigas, se marchitaba, «como una flor solitaria en un tiesto a la sombra», soñando con el hombre «a quien Dios le destinó para ser el compañero de su vida» y «que le estaba desde los tiempos del Paraíso Terrenal, predestinado». Está impresionada por un libro de la biblioteca familiar en el que se relataba la historia de Tulio Montalbán, un romántico libertador, que en una pequeña república americana, sometida al dominio de una fuerte potencia vecina, después de luchar contra el tirano que la gobernaba, desapareció, en circunstancias poco claras, al intentar cruzar un río, y se convirtió en un personaje legendario. A los dieciocho años, Tulio se había casado con una mujer, llamada también Elvira, de la que pronto quedó viudo, por lo que estuvo sumido en una «desenfrenada desesperación». Su historia fue narrada por su suegro, Enrique Jacquetot, quien puso, al escribirla «todo su amor y toda su admiración» por él.

Un día llega a la isla un extraño personaje, Julio Macedo, que no es otro que Tulio Montalbán, deseoso de olvidar su pasado y de emprender una nueva vida. Más tarde confiesa que asesinó a Tulio, o que, al menos, creyó dejarlo muerto, porque él, «el libertador de la patria, iba a convertirse fatalmente en su tirano»:

En aquella noche trágica, junto al río más sagrado de mi patria creí haber dado muerte a Tulio Montalbán, al de la historia, y poder vivir fuera de toda historia, oscuramente, sin patria alguna, desterrado en todas partes, desterrado en el mundo como un hombre oscuro, sin nombre y sin historia. Hice jurar a mis más fieles soldados que guardarían el secreto de mi desaparición haciendo creer en mi muerte y propalando haberme enterrado, y huí.

Aunque Macedo acaba enamorándose de Elvira, ésta lo rechaza porque no puede olvidar a Tulio.

Al final, sin poder borrar las fronteras entre la Historia y el Mito, Macedo se suicida para destruir al personaje literario o histórico que ha triunfado sobre la persona real, de carne y hueso. Se noveliza aquí el drama de la persona real que no se resigna a ser ente de ficción, a convertirse en literatura. Por el contrario, en la ya citada *Niebla*, un personaje inventado quiere alcanzar la categoría de la existencia de la persona real. El choque del hombre exterior y del interior ya había sido abordado por Unamuno en un drama, *La esfinge*, y en otras de sus obras.

Termina la narración con la noticia de que Elvira recibe un paquete con unas *Memorias*, que se niega a leer antes de quemarlas, escritas por Macedo en los días que precedieron a su muerte. En ellas trataba de explicar la diferencia entre el «hombre» y el «personaje», «el que respira y goza o sufre en el silencio y la oscuridad del hogar –de hogar cálido y con compañera, o de hogar frío o de alquiler– y el que se agita y hace ruido en la historia de los pueblos». Era, a la vez, un alegato contra la *Vida de Julio Macedo*, escrita por el padre de la primera Elvira.

En 1927 se editó en la imprenta del diario *La Voz de Guipúzcoa*, de San Sebastián, una versión escénica de la novela *Tulio Montalbán y Julio Macedo*, en cuatro actos, con este mismo título. El drama le fue leído en esa capital vasca a la actriz Lola Membrives por Azorín, que pudo conocerlo en una visita a Hendaya y que por esas fechas estaba dedicado al teatro.

No se sabe cuándo decidió Unamuno transformar el relato en drama. En una carta fechada en Hendaya el 3 de noviembre de 1926, le escribía a Jean Cassou: «Voy a ver si le envío dos nuevos dramas que he hecho aquí: *El otro* y *Tulio Montalbán*»[15].

Poco después, en septiembre de 1928, Unamuno explicó la génesis de esta historia:

Este drama es la escenificación de un cuento que escribí hace ocho o diez años. Entonces surgió de las cosas que me contara un muchacho canario, muy inteligente, quien, por cierto, murió electrocutado, al golpear, con un vicio nervioso en él habitual, un poste de un camino. Aquel chico era de La Gomera; ambiente de isla, de esas islas que yo he recorrido luego palmo a palmo, y dentro de cuyos cascarones he comprendido por primera vez en mi vida la verdadera amplitud de la palabra *aislamiento*[16].

Este gomero fue Manuel Macías Casanova, que reseñó el estreno en Las Palmas de *La esfinge*, que tuvo lugar en el teatro Pérez Galdós el 24 de febrero de 1909, y a quien Unamuno recordó en varias ocasiones. En un artículo publicado en 1910 escribía: «Pocas, poquísimas veces, si es que alguna, me he sentido más querido, más hondamente querido que por Macías lo fui. Y en silencio, en el silencio protector de los más grandes cariños. Y pocas veces se ha encendido más pronto mi cariño hacia una persona»[17].

En la versión dramática, donde, como novedad, figuran dos servidores de la casa que asisten con sus ahorros y su trabajo al caballero empobrecido y que suplen las funciones del narrador, no varían el planteamiento, el desarrollo y el sentido total de la novela. Adquiere mayor protagonismo «la mar», a la que incluso se considera un personaje más, se intensifica el impulso poético y se hace más dramático el aislamiento, o «aislotamiento», de los personajes[18]. «¡Qué terrible palabra esta de aislamiento! —exclama don Juan Manuel Solórzano—. Sólo los que vivimos en una isla así, sin poder salir de ella, lo podemos comprender.» El aislamiento ha pasado de ser un hecho trascendente en la narración, a ser un fenómeno inmanente en el drama, a hacerse sustancia misma de los personajes. También se difuminan y confunden las perspectivas de la Verdad y el Engaño, se pone más de relieve el problema del enfrentamiento del hombre de carne y hueso y del personaje de ficción y se acentúa el quijotismo de Elvira: «Y quién sabe..., acaso salga yo un día, no a caballo, pero sí en un velero, en un corcel de madera, en un clavileño marino, vela al viento del destino, a correr mares, a desfacer entuertos de hombres...».

Algunos de estos cambios entre el drama y la novela pueden verse como una consecuencia de las graves alteraciones que en estos años se producen en la vida de Unamuno.

El 20 de febrero de 1924, el escritor recibió un telegrama de la Dirección General de Seguridad en el que se le comunicaba la destitución de su cátedra, el cese como Decano y Vicerrector y la condena al destierro. Poco después era deportado a la isla de Fuerteventura, en Canarias, por el dictador Primo de Rivera. Él mismo se referirá a la importancia de este hecho: «Es en Fuerteventura donde he llegado a conocer la mar, donde he llegado a una comunión mística con ella, donde he sorbido su alma y su doctrina. Y le llamo "la mar" y no "el mar" porque los mares son el Mediterráneo, el Adriático, el Rojo, el Índico, el Báltico, etc.»[19].

Pero a los pocos meses, el confinamiento se le hace demasiado pesado y acepta la oferta del periódico francés *Le Quotidien* para huir a Francia. En París, donde sufre otra de sus crisis religiosas (la primera había tenido lugar en 1897), termina, en 1925, los ensayos *La agonía del cristianismo* y *Cómo se hace una novela*[20] (según él, «el más entrañado y dolorido relato que me haya brotado del hondón del alma»[21]), producto de su religiosidad agónica y de su angustia en torno al ser. En esta última obra resume su situación en esta época:

¡Qué horrible vivir en la expectativa, imaginando cada día lo que puede ocurrir al siguiente! ¡Y lo que puede no ocurrir! Me paso horas enteras solo, tendido sobre el lecho solitario de mi pequeño hotel –*family house*–, contemplando el techo de mi cuarto y no el cielo y soñando en el porvenir de España y en el mío[22].

En agosto de ese mismo año abandona París y se instala en Hendaya, en la zona francesa de su tierra vasca. A pesar de que su condena ha sido entonces levantada, Unamuno se resigna a un destierro voluntario durante el tiempo que dure la dictadura en España. Testimonios poéticos de su nostalgia son *De Fuerteventura a París*, que lleva el expresivo subtítulo de *Diario íntimo de confinamiento y destierro vertido en sonetos* (1925) y *Romancero del destierro* (1928).

Al ser sustituido el régimen de Primo de Rivera por el provisional de Berenguer en 1930, Unamuno, tras una ausencia de seis largos años, regresa, triunfante, a España y a las aulas salmantinas.

Poco después, su drama sobre Tulio Montalbán, con el título ahora, más apropiado, de *Sombras de sueño*, fue representado por la compañía de Cipriano de Rivas Cherif en Segovia y, el 24 de febrero de 1930, en el Teatro del Liceo de Salamanca, en presencia del propio autor, que ya se había convertido en símbolo de la lucha contra el tirano (recuérdese que otra novela suya, *Nada menos que todo un hombre*, había sido escenificada en 1925 por Julio de Hoyos con el título de *Todo un hombre*[23]).

Sombras de sueño subió más tarde al escenario del Teatro Español de Madrid, ya sin la presencia en la sala del autor.

El título de esta obra podría derivar de Píndaro (el hombre es «sueño de una sombra») o de Tasso (el hombre es «sombra de un sueño» se lee en la *Jerusalén liberada*), que recoge el motivo, poco extraño en el autor, de la «vida como sueño». Unamuno precisará: «Sueño de una sombra llamó Píndaro al hombre, y pudo haberle llamado sombra de un sueño. De un sueño que hace, se deshace y se rehace; de un sueño que no es dogma, ni precepto, ni programa ni sentencia». El escritor ya había encontrado en los autores clásicos las ideas sobre la frágil consistencia del ser[24].

Del estreno en Salamanca de *Sombras de sueño* se hicieron eco los periódicos madrileños. *ABC* (25 de febrero de 1930) resumió el argumento de la obra y dejó constancia del éxito obtenido, lo que obligó a Unamuno a pronunciar «breves y elocuentes palabras»: «En el teatro nada muere, pues todo lo que en él vemos es vida».

Enrique Díez-Canedo, que destacó los fragmentos filosóficos y poéticos de la obra, puntualizó[25]:

Construido en escenas que confrontan directamente los caracteres del drama, sin episodios que lo alarguen y ornamenten; y desdeñoso de habilidades y lanzado, desde las primeras palabras, a lo esencial del tema, *Sombras de sueño* (que esto son, en suma, los personajes, y así lo expresa el héroe) tiene una grandeza que no puede menos de resaltar ante un auditorio atento; la adusta grandeza de todos los dramas de Unamuno, que no son espectáculos de pasatiempo, sino severas creaciones en que las ideas se vuelven sentimientos y los sentimientos se hacen ideas. El hombre no vive sólo con el corazón; pero sin el corazón no puede vivir. Reducirle, como quiere el teatro fácil a la vida sentimental, es empequeñecerle. Las criaturas llevadas por Unamuno a la escena tienen talla distinta de la usual en ese teatro que llama sólo humanidad a lo que es flaqueza: en ellas se ve al hombre como engrandecido; pero todos sus rasgos son humanos.

Sombras de sueño se editó en la colección del «Teatro Moderno» el 8 de marzo de 1930 (año VI, número 237)[26]. Con ello Unamuno no alteraba su deseo de que su teatro se representara antes de ser editado. A un amigo que, en 1910, le preguntó si se había impreso su drama *La esfinge,* le contestó: «No, no he impreso *La esfinge.* Me resisto a imprimir obras de teatro, escritas para ser oídas y vistas, no para ser leídas».

Sombras de sueño es el drama de la conciencia escindida, del contraste entre el yo íntimo y el externo. Frente a la retórica ampulosa y a la psicología de cartón piedra del teatro de la época, en el que triunfaban todavía los hermanos Álvarez Quintero, Arniches, Benavente, Linares Rivas, Muñoz

Seca y Fernández Ardavín, Unamuno busca la economía de la palabra dramática y la parquedad de los elementos externos (decoraciones, mobiliario, indumentaria, tramoya). Junto con él, y desde mucho antes, Valle-Inclán, Azorín, Jacinto Grau, Claudio de la Torre, Ramón Gómez de la Serna, Max Aub, Valentín Andrés Álvarez, Ignacio Sánchez Mejías y otros autores venían esforzándose en renovar la escena, en superar los límites del teatro poético, de la comedia de salón, de la zarzuela y del sainete, pero sus obras apenas se representaron. La única excepción habría de ser, poco después, Federico García Lorca.

Notas

1. Publicado en esta misma colección: Miguel de Unamuno: *Tres novelas ejemplares y un prólogo*, introd. de Demetrio Estébanez Calderón, Madrid, Alianza Editorial, 1998.
2. También en esta colección: Miguel de Unamuno: *San Manuel Bueno, mártir. Cómo se hace una novela*, Madrid, Alianza Edit., 2000. «San Manuel...», en la que el autor puso todo su sentimiento trágico de la vida cotidiana, cuenta la historia retrospectiva de don Manuel Bueno, cura párroco de un pueblecito, Valverde de Lucerna, convertido en espacio intrahistórico, cuyo proceso de beatificación acababa de iniciarse. Aunque ha perdido la fe, don Manuel se pone al servicio de sus fieles, se desvive por hacerlos felices y ejerce sobre sus almas un verdadero imperio espiritual. Es un personaje agónico, escindido trágicamente, sin que sus feligreses lo sepan, entre la voluntad de creer y la imposibilidad de lograrlo. La religión, para él, es un opio que permite soñar al pueblo. Si Dios ha muerto, el hombre fuerte debe ocupar su lugar y ayudar a los débiles. Hacer el bien es la única justificación de una vida llamada a acabarse en la muerte. Sólo vale el amor al prójimo y la caridad.
3. Ricardo Gullón, *Autobiografías de Unamuno*, Madrid, Gredos, 1964, pp. 313-315.
4. Unamuno, «Leyendo a Flaubert», *La Nación*, Buenos Aires, 24-XII-1911. Este artículo está recogido en *Contra esto y aque-*

llo, anterior, por tanto a 1912, y en *Ensayos II,* Madrid, Aguilar, 1942, p. 973, y *Nuevos ensayos,* de *Obras completas,* II, Madrid, Escelicer, 1968, pp. 510-514. Unamuno admite que la raíz de este sentimiento, de esa «enfermedad», puede ser fruto de su soberbia, pero al final concluye con un «¡Oh, santa soledad», con el que bendice la posibilidad de encerrarse en casa y evitar las tonterías de unos y de otros. Sobre este punto, véase también: Carlos Clavería, «Unamuno y la enfermedad de Flaubert», en *Temas de Unamuno,* Madrid, Gredos, 1953, pp. 59-91. Para Clavería: «De las repetidas lecturas de la obra de éste [Flaubert], debilidad suya, sacó Unamuno elementos para mirarse por dentro y estudiar muchas de sus relaciones espirituales con el prójimo» (p. 61).
5. Se publicó en *La Nación,* de Buenos Aires, el 3 de julio de 1910.
6. «Las tijeras», en *La Justicia,* 27-XII-1889. Está incluido en Unamuno: *El espejo de la muerte,* publicado en esta misma colección (2009).
7. «El ajedrez y el tresillo», *Nuevo mundo,* 14 de noviembre de 1914.
8. En E. A. Poe, *Cuentos,* 1, traducción de Julio Cortázar, Madrid, Alianza Edit., 1998.
9. Publicada en esta misma colección: Miguel de Unamuno: *Amor y pedagogía,* introd. y notas de Julia Barella, Madrid, Alianza Edit., 2000.
10. Publicada en esta misma colección: Miguel de Unamuno: *Niebla,* introd. de Ana Suárez Miramón, Madrid, Alianza Edit., 1997.
11. Sobre esta novela, véase Hernán Benítez, *El drama religioso de Unamuno,* Buenos Aires, 1949. Tambien: Gilberto Cancela, *El sentimiento religioso de Unamuno,* Madrid, Playor, 1973.
12. Véase *infra,* «Apéndice», p. 208.
13. Véase *infra,* «Apéndice», p. 205.
14. *Unamuno, bosquejo de una filosofía,* Buenos Aires, Editorial Sudamericana, 1957, p. 114.
15. Sobre las relaciones y diferencias entre la novela y el drama, véase el artículo de Sebastián de la Nuez Caballero «Novela y drama de Tulio Montalbán. Una creación de Unamuno» (en *Revista de Filología de la Universidad de La Laguna.* Número 0, 1981, pp. 11-32). También: Jesús María Lasagabaster, «La palabra como práctica escénica: de *Tulio Montalbán y Julio Macedo* a *Sombras de sueño*» (en *El teatro de Miguel de Unamuno,*

edición de J. M.ª Lasagabaster, San Sebastián, Universidad de Deusto, 2001, pp.129-152).
16. Unamuno, *Teatro completo*, edición de Manuel García Blanco, Madrid, Aguilar, 1959, pp. 126-127.
17. «Por Manuel Macías Casanova», en *La Mañana*, Las Palmas de Gran Canaria, 30-IX-1910. Este artículo está recogido en otras obras del autor: *De mi vida* y en *Autobiografías y Recuerdos. Obras completas*, tomo VIII, Madrid, Escelicer, 1976, pp. 280-282. Unamuno volvió a hablar de Casanova en el prólogo que puso a *El lino de los sueños* (1915), del poeta canario Alonso Quesada.
18. En una acotación del segundo acto se lee: «Un rincón de costa, con un pequeño arenal. Se ve la mar, que ocupa todo el fondo».
19. Unamuno, *Canarias*, Círculo de Lectores, 1994, p. 124. Véase también el ensayo de Sebastián de la Nuez Caballero *Unamuno en Canarias*, Universidad de La Laguna, 1964.
20. Ambas en esta misma colección: Miguel de Unamuno: *La agonía del cristianismo*, presentación de Agustín García Calvo, Madrid, Alianza Edit., 2000. Respecto a *Cómo se hace una novela*, publicada junto con *San Manuel Bueno, mártir*, véase nota 2.
21. Véase *infra*, «Apéndice», p. 213.
22. Vease *San Manuel Bueno, mártir. Cómo se hace una novela*, ed. cit., p. 88.
23. Julio de Hoyos también había pretendido convertir en drama la novela *Niebla*, pero Unamuno se opuso.
24. Sobre el simbolismo unamuniano del sueño: Carlos Blanco Aguinaga, *El Unamuno contemplativo*, El Colegio de México, 1959, pp. 133-157. En las páginas 221-251, Blanco Aguinaga estudia la función simbólica del mar.
25. «Un estreno de Unamuno», Diario *El Sol*, 25 de diciembre de 1930.
26. La colección «El Teatro Moderno», de la editorial Prensa Moderna, se publicó entre octubre de 1925 y abril de 1932.

La novela de don Sandalio, jugador de ajedrez

> *Alors une faculté pitoyable se développa dans leur esprit, celle de voir la bêtise et de ne plus la tolérer.*
>
> G. Flaubert, *Bouvard et Pécuchet*

Prólogo

No hace mucho recibí carta de un lector para mí desconocido, y luego copia de parte de una correspondencia que tuvo con un amigo suyo y en que éste le contaba el conocimiento que hizo con un don Sandalio, jugador de ajedrez, y le trazaba la característica del don Sandalio.

«Sé —me decía mi lector— que anda usted a la busca de argumentos o asuntos para sus novelas o nivolas, y ahí va uno en estos fragmentos de cartas que le envío. Como verá, no he dejado el nombre del lugar en que los sucesos narrados se desarrollaron, y en cuanto a la época, bástele saber que fue durante el otoño e invierno de 1910. Ya sé que no es usted de los que se preocupan de situar los hechos en lugar y tiempo, y acaso no le falte razón.»

Poco más me decía, y no quiero decir más a modo de prólogo o aperitivo.

1

31 agosto 1910

Ya me tienes aquí, querido Felipe, en este apacible rincón de la costa y al pie de las montañas que se miran en la mar; aquí, donde nadie me conoce ni conozco, gracias a Dios, a nadie. He venido, como sabes, huyendo de la sociedad de los llamados prójimos o semejantes, buscando la compañía de las olas de la mar y de las hojas de los árboles, que pronto rodarán como aquéllas.

Me ha traído, ya lo sabes, un nuevo ataque de misantropía, o mejor de antropofobia, pues a los hombres más que los odio los temo. Y es que se me ha exacerbado aquella lamentable facultad que, según Gustavo Flaubert, se desarrolló en los espíritus de su Bouvard y su Pécuchet, y es la de ver la tontería y no poder tolerarla. Aunque para mí no es verla, sino oírla; no ver la tontería –*bêtise*–, sino oír las tonterías que día tras día, e irremisiblemente, sueltan jóvenes y viejos, tontos y listos. Pues son los que pasan por listos los que más tonterías hacen y dicen. Aunque sé bien que me retrucarás con mis propias palabras, aquellas que tantas veces me has oído, de que el hombre más tonto es el que se muere sin haber hecho ni dicho tontería alguna.

Aquí me tienes haciendo, aunque entre sombras humanas que se me cruzan alguna vez en el camino, de Robinsón Crusoe, de solitario. ¿Y no te acuerdas cuando leíamos aquel terrible pasaje del Robinsón de cuando éste, yendo una vez a su bote, se encontró sorprendido por la huella de un pie desnudo de hombre en la arena de la playa? Quedose como fulminado, como herido por un rayo –*thunderstruck*–, como si hubiera visto una aparición. Escuchó, miró en torno de sí sin oír ni ver nada. Recorrió la playa, ¡y tampoco! No había más que la huella de un pie, dedos, talón, cada parte de él. Y volviose Robinsón a su madriguera, a su fortificación, aterrado en el último grado, mirando tras de sí a cada dos o tres pasos, confundiendo árboles y matas, imaginándose a la distancia que cada tronco era un hombre, y lleno de antojos y agüeros.

¡Qué bien me represento a Robinsón! Huyo, no de ver huellas de pies desnudos de hombres, sino de oírles palabras de sus almas revestidas de necedad, y me aíslo para defenderme del roce de sus tonterías. Y voy a la costa a oír la rompiente de las olas, o al monte a oír el rumor del viento entre el follaje de los árboles. ¡Nada de hombres! ¡Ni de mujer, claro! A lo sumo algún niño que no sepa aún hablar, que no sepa repetir las gracias que le han enseñado, como a un lorito, en su casa, sus padres.

2

5 setiembre

Ayer anduve por el monte conversando silenciosamente con los árboles. Pero es inútil que huya de los hombres: me los encuentro en todas partes; mis árboles son árboles humanos. Y no sólo porque hayan sido plantados y cuidados por hombres, sino por algo más. Todos estos árboles son árboles domesticados y domésticos.

Me he hecho amigo de un viejo roble. ¡Si le vieras, Felipe, si le vieras! ¡Qué héroe! Debe de ser muy viejo ya. Está en parte muerto. ¡Fíjate bien, muerto en parte!, no muerto del todo. Lleva una profunda herida que le deja ver las entrañas al descubierto. Y esas entrañas están vacías. Está enseñando el corazón. Pero sabemos, por muy someras nociones de botánica, que su verdadero corazón no es ése; que la savia circula entre la albura del leño y la corteza. ¡Pero cómo me impresiona esa ancha herida con sus redondeados rebordes! El aire entra por ella y orea el interior del roble, donde, si sobreviene una tormenta, puede refugiarse un peregrino, y donde podría albergarse un anacoreta o un Diógenes de la selva. Pero la savia corre entre la corteza y el leño y da jugo de vida a las hojas que verdecen al sol. Verdecen hasta que, amarillas y ahornagadas, se arremolinan en el suelo, y podridas, al pie del viejo héroe del bosque, entre los fuertes brazos de su raigambre, van a formar el mantillo de abono que alimentará a las nuevas hojas de la venidera primavera. ¡Y si vieras qué brazos los de su raigambre que hunde sus miles de dedos bajo tierra! Unos brazos que agarran a la tierra como sus ramas altas agarran al cielo.

Cuando pase el otoño, el viejo roble quedará desnudo y callado, creerás tú. Pero no, porque le tiene abrazado una hiedra también heroica. Entre los más someros tocones de la raigambre y en el tronco del roble se destacan las robustas –o roblizas– venas de la hiedra, y ésta trepa por el viejo árbol y le reviste con sus hojas de verdor brillante y perenne. Y cuando las hojas del roble se rindan a tierra, le susurrará cantos de invierno el vendaval entre las hojas de la hiedra. Y aun muerto el roble verdecerá al sol, y acaso algún enjambre de abejas ponga su colmena en la ancha herida de su seno.

No sé por qué, mi querido Felipe, pero es el caso que este viejo roble empieza a reconciliarme con la humanidad. Además, ¿por qué no he de decírtelo? ¡Hace tanto tiempo que no he oído una tontería! Y así, a la larga, no se puede vivir. Me temo que voy a sucumbir.

3

10 setiembre

¿No te lo decía, Felipe? He sucumbido. Me he hecho socio del Casino, aunque todavía más para ver que para oír. En Cuanto han llegado las primeras lluvias. Con mal tiempo, ni la costa ni el monte ofrecen recursos, y en cuanto al hotel, ¿qué iba a hacer en él? ¿Pasarme el día leyendo, o mejor releyendo? No puede ser. Así es que he acabado por ir al Casino.

Paso un rato por la sala de lectura, donde me entrego más que a leer periódicos a observar a los que los leen. Porque los periódicos tengo que dejarlos en seguida. Son más estúpidos que los hombres que los escriben. Hay algunos de éstos que tienen cierto talento para decir tonterías, ¿pero para escribirlas?, para escribirlas... ¡ninguno! Y en cuanto a los lectores, hay que ver qué cara de caricatura ponen cuando se ríen de las caricaturas.

Me voy luego al salón en que todos estos hombres se reúnen; pero huyo de las tertulias o peñas que forman. Las astillas de conversaciones que me llegan me hieren en lo más vivo de la herida que traje al venir a retirarme, como a estación de cura, a este rincón costero y montañés. No, no puedo tolerar la tontería humana. Y me dedico, con la mayor discreción posible, a hacer el oficio de mirón pasajero de las partidas de tresillo, de tute o de mus. Al fin, estas gentes han hallado un modo de sociedad casi sin palabra. Y me acuerdo de aquella soberana tontería del pseudopesimista Schopenhauer cuando decía que los tontos, no teniendo ideas que cambiar, inventaron unos cartoncitos pintados para cambiarlos entre sí, y que son los naipes. Pues si los tontos inventaron los naipes, no son tan tontos, ya que Schopenhauer ni aun eso inventó, sino un sistema de baraja mental que se llama pesimismo y en que lo pésimo es el dolor, como si no hubiera el aburrimiento, el tedio, que es lo que matan los jugadores de naipes.

4

14 setiembre

Empiezo a conocer a los socios del Casino, a mis consocios –pues me he hecho hacer socio, aunque transeúnte–, claro es que de vista. Y me entretengo en irme figurando lo que estarán pensando, naturalmente que mientras que se callan, porque en cuanto dicen algo ya no me es posible figurarme lo que puedan pensar. Así es que en mi oficio de mirón prefiero mirar las partidas de tresillo a mirar las de mus, pues en éstas hablan demasiado. Todo ese barullo de *¡envido!, ¡quiero!, ¡cinco más!, ¡diez más!, ¡órdago!,* me entretiene un rato, pero luego me cansa. El *¡órdago!,* que parece es palabra vascuence, que quiere decir: *¡ahí está!,* me divierte bastante, sobre todo cuando se lo lanza el uno al otro en ademán de gallito de pelea.

Me atraen más las partidas de ajedrez, pues ya sabes que en mis mocedades di en ese vicio solitario de dos en compañía. Si es que eso es compañía. Pero aquí, en este Casino, no todas las partidas de ajedrez son silenciosas, ni de soledad de dos en compañía, sino que suele formarse un grupo con los mirones, y éstos discuten las jugadas con los jugadores, y hasta meten mano en el tablero. Hay, sobre todo, una partida entre un ingeniero de montes y un magistrado jubilado, que es de lo más pintoresco que cabe. Ayer, el magistrado, que debe de padecer de la vejiga, estaba inquieto y desasosegado, y como le dijeran que se fuese al urinario, manifestó que no se iba solo, sino con el ingeniero, por temor de que entretanto éste no le cambiase la posición de las piezas; así es que se fueron los dos, el magistrado a evacuar aguas menores, y el ingeniero a escoltarle, y entretanto los mirones alteraron toda la composición del juego.

Pero hay un pobre señor, que es hasta ahora el que más me ha interesado. Le llaman –muy pocas veces, pues apenas hay quien le dirija la palabra, como él no se la dirige a nadie–, le llaman o se llama don Sandalio, y su oficio parece ser el de jugador de ajedrez. No he podido columbrar nada de su vida, ni en rigor me importa gran cosa. Prefiero imaginármela. No viene al Casino más que a jugar al ajedrez, y lo juega, sin pronunciar apenas palabra, con una avidez de enfermo. Fuera del ajedrez parece no haber mundo para él. Los demás socios le respetan, o acaso le ignoran, si bien, según he creído notar, con un cierto dejo de lástima. Acaso se le tiene por un maniático. Pero siempre encuentra, tal vez por compasión, quien le haga la partida.

Lo que no tiene es mirones. Comprenden que la mironería le molesta, y le respetan. Yo mismo no me he atrevido a acercarme a su mesilla, y eso que el hombre me interesa. ¡Le veo tan aislado en medio de los demás!, ¡tan metido en sí mismo! O mejor en su juego, que parece ser para él como una función sagrada, una especie de acto religioso. «Y cuando no juega, ¿qué hace?», me he preguntado. ¿Cuál es la profesión con que se gana la vida?, ¿tiene familia?, ¿quiere a alguien?, ¿guarda dolores y desengaños?, ¿lleva alguna tragedia en el alma?

Al salir del Casino le he seguido cuando se iba hacia su casa, a observar si al cruzar el patio, como ajedrezado, de la Plaza Mayor, daba algún paso en salto de caballo. Pero luego, avergonzado, he cortado mi persecución.

5

17 setiembre

He querido sacudirme el atractivo del Casino, pero es imposible; la imagen de don Sandalio me seguía a todas partes. Ese hombre me atrae como el que más de los árboles del bosque, es otro árbol más, un árbol humano, silencioso, vegetativo. Porque juega al ajedrez como los árboles dan hoja.

Llevo dos días sin ir al Casino, haciéndome un esfuerzo para no entrar en él, llegando hasta su puerta para huir en seguida de ella.

Ayer fui por el monte; pero al acercarme a la carretera, por donde van los hombres, a ese camino calzado que hicieron hacer por mano de siervos, de obreros alquilados —los caminos del monte los han hecho hombres libres (¿libres?), con los pies—, tuve que volver a internarme en el bosque, me echaron a él todos esos anuncios con que han estropeado el verdor de la naturaleza. ¡Hasta a los árboles de los bordes de la carretera les han convertido en anunciadores! Me figuro que los pájaros han de huir de esos árboles anunciantes más aún que de los espantapájaros que los labradores ponen en medio de los sembrados. Por lo visto, no hay como vestir a unos palitroques con andrajos humanos para que huyan del campo las graciosas criaturas que cosechan donde no sembraron, las libres avecillas a las que mantiene nuestro Padre y suyo.

Me interné por el monte y llegué a las ruinas de un viejo caserío. No quedaban más que algunos muros revestidos, como mi viejo roble, por la hiedra. En la parte interior de uno de esos muros medio derruidos, en la parte que formó antaño el interior de la casa, quedaba el resto del que fue hogar, de la chimenea familiar, y en ésta la huella del fuego de leña que allí ardió, el hollín que aún queda. Hollín sobre que brillaba el verdor de las hojas de la hiedra. Sobre la hiedra revoloteaban unos pajarillos. Acaso en ella, junto al cadáver de lo que fue hogar, han puesto su nido.

Y no sé por qué me acordaba de don Sandalio, este producto tan urbano, tan casinero. Y pensaba que por mucho que quiera huir de los hombres, de sus tonterías, de su estúpida civilización, sigo siendo hombre, mucho más hombre de lo que me figuro, y que no puedo vivir lejos de ellos. ¡Si es su misma necedad lo que me atrae! ¡Si la necesito para irritarme por dentro de mí!

Está visto que necesito a don Sandalio, que sin don Sandalio no puedo ya vivir.

6

20 setiembre

¡Por fin, ayer! No pude más. Llegó don Sandalio al Casino, a su hora de siempre, cronométricamente, muy temprano, tomó su café de prisa y corriendo, se sentó a su mesita de ajedrez, requirió las piezas, las colocó en orden de batalla y se quedó esperando al compañero. El cual no llegaba. Y don Sandalio con cara de cierta angustia y mirando al vacío. Me daba pena. Tanta pena me daba, que no pude contenerme, y me acerqué a él:

–Por lo visto, su compañero no viene hoy –le dije.

–Así parece –me contestó.

–Pues si a usted le place, y hasta que él llegue, puedo yo hacerle la partida. No soy un gran jugador, pero le he visto jugar y creo que no se aburrirá usted con mi juego...

–Gracias –agregó.

Creí que iba a rechazarme, en espera de su acostumbrado compañero, pero no lo hizo. Aceptó mi oferta y ni me preguntó, por supuesto, quién era yo. Era como si yo no existiese en realidad, y como persona distinta de él, para él mismo. Pero él sí que existía para mí... Digo, me lo figuro. Apenas si se dignó mirarme; miraba al tablero. Para don Sandalio, los peones, alfiles, caballos, torres, reinas y reyes del ajedrez tienen más alma que las personas que los manejan. Y acaso tenga razón.

Juega bastante bien, con seguridad, sin demasiada lentitud, sin discutir ni volver las jugadas, no se le oye más que: «¡jaque!». Juega, te escribí el otro día, como quien cumple un servicio religioso. Pero no, mejor, como quien crea silenciosa música religiosa. Su juego es musical. Coge las piezas como si tañera en un arpa. Y hasta se me antoja oírle a su caballo, no relinchar –¡esto nunca!–, sino respirar musicalmente, cuando va a dar un jaque. Es como un caballo con alas. Un Pegaso. O mejor un Clavileño; de madera como éste.

¡Y cómo se posa en la tabla! No salta; vuela. ¿Y cuando tañe a la reina? ¡Pura música!

Me ganó, y no porque juegue mejor que yo, sino porque no hacía más que jugar mientras que yo me distraía en observarle. No sé por qué se me figura que no debe de ser hombre muy inteligente, pero que pone toda su inteligencia, mejor, toda su alma, en el juego.

Cuando di por terminado éste –pues él no se cansa de jugar–, después de unas cuantas partidas, le dije:

—¿Qué es lo que le habrá pasado a su compañero?

—No lo sé –me contestó.

Ni parecía importarle saberlo.

Salí del Casino a dar una vuelta hacia la playa, pero me quedé esperando a ver si don Sandalio también salía. «¿Paseará este hombre?», me pregunté. Al poco salió mi hombre, e iba como abstraído. No cabría decir adónde miraba. Le seguí hasta que, doblando una calleja, se metió en una casa. Seguramente la suya. Yo seguí hacia la playa, pero no ya tan solo como otras veces: don Sandalio iba conmigo, mi don Sandalio. Pero antes de llegar a la playa torcí hacia el monte y me fui a ver a mi viejo roble, el roble heroico, el de la abierta herida de las entrañas, el revestido de hiedra. Claro es que no establecí relación alguna entre él y don Sandalio, y ni siquiera entre mi roble y mi jugador de ajedrez. Pero éste es ya parte de mi vida. También yo, como Robinsón, he encontrado la huella de un pie desnudo de alma de hombre, en la arena de la playa de mi soledad; mas no he quedado fulminado ni aterrado, sino que esa huella me atrae. ¿Será huella de tontería humana? ¿Lo será de tragedia? ¿Y no es acaso la tontería la más grande de las tragedias del hombre?

7

25 setiembre

Sigo preocupado, mi querido Felipe, con la tragedia de la tontería o más bien de la simplicidad. Hace pocos días oí, sin quererlo, en el hotel, una conversación que ésta sí que me dejó como fulminado. Hablaban de una señora que estaba a punto de morir, y el cura que la asistía le dijo: «Bueno, cuando llegue al cielo no deje de decir a mi madre, en cuanto la vea, que aquí estamos viviendo cristianamente para poder ir a hacerle compañía». Y esto parece que lo dijo el cura, que es piadosísimo, muy en serio. Y como no puedo por menos que creer que el cura que así decía creía en ello, me di a pensar en la tragedia de la simplicidad, o mejor en la felicidad de la simplicidad. Porque hay felicidades trágicas. Y di luego en pensar si acaso mi don Sandalio no es un hombre feliz.

Volviendo al cual, a don Sandalio, tengo que decirte que sigo haciéndole la partida. Su compañero anterior parece que se marchó de esta villa, lo cual he sabido no precisamente por don Sandalio mismo, que ni habla de él ni de ningún otro prójimo, ni creo que se haya preocupado de saber si se fue o no ni quién era. Lo mismo que no se preocupa de averiguar quién soy yo, y no será poco que sepa mi nombre.

Como yo soy nuevo en su partida, se nos han acercado algunos mirones, atraídos por la curiosidad de ver cómo juego yo, y acaso porque me creen otro nuevo don Sandalio, a quien hay que clasificar y acaso definir. Y yo me dejo hacer. Pero pronto se han podido dar cuenta de que a mí me molestan los mirones no menos que a don Sandalio, si es que no más.

Anteayer fueron dos los mirones. ¡Y qué mirones! Porque no se limitaron a mirar o a comentar de palabra las jugadas, sino que se pusieron a hablar de política, de modo que no pude contenerme, y les dije: «¿Pero se callarán ustedes?». Y se marcharon. ¡Qué mirada me dirigió don Sandalio!, ¡qué mirada de profundo agradecimiento! Llegué a creer que a mi hombre le duele la tontería tanto como a mí.

Acabamos las partidas y me fui a la costa, a ver morir las olas en la arena de la playa, sin intentar seguir a don Sandalio, que se fue, sin duda, a su casa. Pero me quedé pensando si mi jugador de ajedrez creerá que, terminada esta vida, se irá al cielo, a seguir allí jugando, por toda una eternidad, con hombres o con ángeles.

8

30 setiembre

Le observo a don Sandalio alguna preocupación. Debe de ser por su salud, pues se le nota que respira con dificultad. A las veces se ve que ahoga una queja. Pero ¿quién se atreve a decirle nada? Hasta que le dio una especie de vahído.

–Si usted quiere, lo dejaremos... –le dije.

–No, no –me respondió–; por mí, no.

«¡Jugador heroico!», pensé. Pero poco después agregué:

—¿Por qué no se queda usted unos días en casa?
—¿En casa? —me dijo—, ¡sería peor!

Y creo, en efecto, que le sería peor quedarse en casa. ¿En casa? ¿Y qué es su casa? ¿Qué hay en ella? ¿Quién vive en ella?

Abrevié las partidas, pretextando cualquier cosa, y le dejé con un: «¡Que usted se alivie, don Sandalio!». «¡Gracias!», me contestó. Y no añadió mi nombre porque de seguro no lo sabe.

Este mi don Sandalio, no el que juega al ajedrez en el Casino, sino el otro, el que él me ha metido en el hondón del alma, el mío, me sigue ya a todas partes; sueño con él, casi sufro con él.

9

8 octubre

Desde el día en que don Sandalio se retiró del Casino algo indispuesto, no ha vuelto por él. Y esto es una cosa tan extraordinaria, que me ha desasosegado. A los tres días de faltar mi hombre me sorprendí, uno, con el deseo de colocar las piezas en el tablero y quedarme esperándole. O acaso a otro... Y luego me di casi a temblar pensando si en fuerza de pensar en mi don Sandalio no me había éste sustituido y padecía yo de una doble personalidad. Y la verdad, ¡basta con una!

Hasta que anteayer, en el Casino, uno de los socios, al verme tan solitario y, según él debió de figurarse, aburrido, se me acercó a decirme:

—Ya sabrá usted lo de don Sandalio...

—¿Yo?, no; ¿qué es ello?
—Pues... que se le ha muerto el hijo.
—¡Ah!, ¿pero tenía un hijo?
—Sí, ¿no lo sabe usted? El de aquella historia...

¿Qué pasó por mí? No lo sé, pero al oír esto me fui, dejándole con la palabra cortada, y sin importarme lo que por ello juzgase de mí. No, no quería que me colocase la historia del hijo de don Sandalio. ¿Para qué? Tengo que mantener puro, incontaminado, a mi don Sandalio, al mío, y hasta me le ha estropeado esto de que ahora le salga un hijo que me impide, con su muerte, jugar al ajedrez unos días. No, no, no quiero saber historias. ¿Historias? Cuando las necesite, me las inventaré.

Ya sabes tú, Felipe, que para mí no hay más historias que las novelas. Y en cuanto a la novela de don Sandalio, mi jugador de ajedrez, no necesito de socios del Casino que vengan a hacérmela.

Salí del Casino echando de menos a mi hombre, y me fui al monte, a ver a mi roble. El sol daba en la ancha abertura de sus vacías entrañas. Sus hojas, que casi se le iban ya desprendiendo, se quedaban un rato, al caer, entre las hojas de la hiedra.

10

10 octubre

Ha vuelto don Sandalio, ha vuelto al Casino, ha vuelto al ajedrez. Y ha vuelto el mismo, el mío, el que yo conocía, y como si no le hubiese pasado nada.

—¡He sentido mucho su desgracia, don Sandalio! —le he dicho, mintiéndole.

—¡Gracias, muchas gracias! —me ha respondido.

Y se ha puesto a jugar. Y como si no hubiese pasado nada en su casa, en su otra vida. Pero ¿tiene otra?

He dado en pensar que, en rigor, ni él existe para mí ni yo para él. Y, sin embargo...

Al acabar las partidas me he ido a la playa, pero preocupado con una idea que te ha de parecer, de seguro, pues te conozco, absurda, y es la de qué seré, cómo seré yo para don Sandalio. ¿Qué pensará de mí? ¿Cómo seré yo para él? ¿Quién seré yo para él?

11

12 octubre

Hoy no sé, querido Felipe, qué demonio tonto me ha tentado, que se me ha ocurrido proponerle a don Sandalio la solución de un problema de ajedrez.

—¿Problemas? —me ha dicho—. No me interesan los problemas. Basta con los que el juego mismo nos ofrece sin ir más a buscarlos.

Es la vez que le he oído más palabras seguidas a mi don Sandalio, pero ¡qué palabras! Ninguno de los mirones del Casino las habría comprendido como yo. A pesar de lo cual, me he ido luego a la playa a buscar los problemas que se me antoja que me proponen las olas de la mar.

12

14 octubre

Soy incorregible, Felipe, soy incorregible, pues como si no fuere bastante la lección que anteayer me dio don Sandalio, hoy he pretendido colocarle una disertación sobre el alfil, pieza que manejo mal.

Le he dicho que al alfil, palabra que parece quiere decir elefante, le llaman los franceses *fou*, esto es: loco, y los ingleses *bishop*, o sea: obispo, y que a mí me resulta una especie de obispo loco, con algo elefantino, que siempre va de soslayo, jamás de frente, y de blanco en blanco o de negro en negro y sin cambiar de color del piso en que le ponen y sea cual fuere su color propio. ¡Y qué cosas le he dicho del alfil blanco en piso blanco, del blanco en piso negro, del negro en piso blanco y del negro en piso negro! ¡Las virutas que he hecho con esto! Y él, don Sandalio, me miraba asustado, como se miraría a un obispo loco, y hasta creí que estaba a punto de huir, como de un elefante. Esto lo dije en un intermedio, mientras cambiábamos las piezas, pues turnamos entre blancas y negras, teniendo siempre la salida aquéllas. La mirada de don Sandalio era tal, que me desconcertó.

Cuando he salido del Casino iba pensando si la mirada de don Sandalio tendría razón, si no es que me he vuelto loco, y hasta me parecía si, en mi terror de tropezar con la tontería humana, en mi terror de encontrarme con la huella del pie desnudo del alma de un prójimo, no iba caminando de soslayo, como un alfil. ¿Sobre piso blanco, o negro?

Te digo, Felipe, que este don Sandalio me vuelve loco.

13

23 octubre

No te he escrito, mi querido Felipe, en estos ocho días, porque he estado enfermo, aunque acaso más de aprensión que de enfermedad. Y además, ¡me entretenía tanto la cama, se me pegaban tan amorosamente las sábanas! Por la ventana de mi alcoba veo, desde la cama misma, la montaña próxima, en la que hay una pequeña cascada. Tengo sobre la mesilla de noche unos prismáticos, y me paso largos ratos contemplando con ellos la cascada. ¡Y qué cambios de luz los de la montaña!

He hecho llamar al médico más reputado de la villa, el doctor Casanueva, el cual ha venido dispuesto, ante todo, a combatir la idea que yo tuviese de mi propia dolencia. Y sólo ha conseguido preocuparme más. Se empeña en que yo voy desafiando las enfermedades, y todo porque suelo ir con frecuencia al monte. Ha empezado por recomendarme que no fume, y cuando le he dicho que no fumo nunca, no sabía ya qué decir. No ha tenido la resolución de aquel otro galeno que, en un caso análogo, le dijo al enfermo: «¡Pues entonces, fume usted!». Y acaso tuvo éste razón, pues lo capital es cambiar de régimen.

Casi todos estos días he guardado cama, y no, en rigor, porque ello me hiciera falta, sino porque así rumiaba mejor mi relativa soledad. En realidad, he pasado lo más del tiempo de estos ocho días traspuesto y en un estado entre la vela y el sueño, sin saber si soñaba la montaña que tenía enfrente o si veía delante de mí a don Sandalio ausente.

Porque ya te puedes figurar que don Sandalio, que mi don Sandalio, ha sido mi principal ensueño de enfermedad. Me ilusionaba pensar que en estos días se haya definido más, que acaso haya cambiado, que cuando le vuelva a ver en el Casino y volvamos a jugar nuestras partidas le encuentre otro.

Y entretanto, ¿pensará él en mí?, ¿me echará de menos en el Casino?, ¿habrá encontrado en éste a algún otro consocio —¡consocio!— que le haga la partida?, ¿habrá preguntado por mí?, ¿existo yo para él?

Hasta he tenido una pesadilla, y es que me he figurado a don Sandalio como un terrible caballo negro —¡caballo de ajedrez, por supuesto!— que se me venía encima a comerme, y yo era un pobre alfil blanco, un pobre obispo loco y elefantino que estaba defendiendo al rey blanco para que no le dieran mate. Al despertarme de esta pesadilla, cuando iba rayando el alba, sentí una gran opresión en el pecho, y me puse a hacer largas y profundas inspiraciones y espiraciones, así como gimnásticas, para ver de entonar este corazón que el doctor Casanueva cree que está algo averiado. Y luego me he puesto a contemplar, con mis prismáticos, cómo los rayos del sol naciente daban en el agua de la cascada de la montaña frontera.

14

25 octubre

No más que pocas líneas en esta postal. He ido a la playa, que estaba sola. Más sola aún por la presencia de una sola joven que se paseaba al borde de las olas. Le mojaban los pies. La he estado observando sin ser visto de ella. Ha sacado una carta, la ha leído, ha bajado sus brazos teniendo con las dos manos la carta; los ha vuelto a alzar y ha vuelto a leerla; luego la ha roto en cachitos menudos, doblándola y volviéndola a doblar para ello; después ha ido lanzando uno a uno, cachito a cachito, al aire, que los llevaba –¿mariposas del olvido?– a la rompiente. Hecho esto ha sacado el pañuelo, se ha puesto a sollozar, y se ha enjugado los ojos. El aire de la mar ha acabado de enjugárselos. Y nada más.

15

26 octubre

Lo que hoy te tengo que contar, mi querido Felipe, es algo inaudito, algo tan sorprendente, que jamás se le podría haber ocurrido al más ocurrente novelista. Lo que te probará cuánta razón tenía aquel nuestro amigo a quien llamábamos Pepe *el Gallego,* que cuando estaba traduciendo cierto libro de sociología, nos dijo: «No puedo resistir estos libros sociológicos de ahora; estoy traduciendo uno sobre el matrimonio primitivo, y todo se le vuelve al autor que si los algonquinos se casan de tal manera, los chipenais de tal otra, los cafres de este modo, y así lo demás... Antes llenaban los libros de palabras, ahora los llenan de esto que llaman hechos o documentos; lo que no veo por ninguna parte son ideas... Yo, por mi parte, si se me ocurriera inventar una teoría sociológica, la apoyaría en hechos de mi invención, seguro como estoy de que todo lo que un hombre pueda inventar ha sucedido, sucede o sucederá alguna vez». ¡Qué razón tenía nuestro buen Pepe!

Pero vamos al hecho, o, si quieres, al suceso.

Apenas me sentí algo más fuerte y me sacudí del abrigo de la cama, me fui, ¡claro es!, al Casino. Me llevaba, sobre todo, como puedes bien figurarte, el encontrarme con mi don Sandalio y el reanudar nuestras partidas. Llegué allá, y mi hombre no estaba allí. Y eso que era ya su hora. No quise preguntar por él.

Al poco rato no pude resistir, requerí un tablero de ajedrez, saqué un periódico en que venía un problema, y me puse a ver si lo resolvía. Y en esto llegó uno de aquellos mirones y me preguntó si quería echar una partida con él. Tentado estuve un momento de rehusárselo, pues me parecía algo así como una traición a mi don Sandalio, pero al fin acepté.

Este consocio, antes mirón y ahora compañero de juego, resultó ser uno de esos jugadores que no saben estarse callados. No hacía sino anunciar las jugadas, comentarlas, repetir estribillos, y, cuando no, tararear alguna cancioncilla. Era algo insoportable. ¡Qué diferencia con las partidas graves, recogidas y silenciosas de don Sandalio!

(Al llegar acá se me ocurre pensar que si el autor de estas cartas las tuviera que escribir ahora, en 1930, compararía las partidas con don Sandalio al cine puro, gráfico, representativo, y las partidas con el nuevo jugador al cine sonoro. Y así resultarían partidas sonoras o zumbadas.)

Yo estaba como sobre ascuas y sin atreverme a mandarle que se callase. Y no sé si lo comprendió, pero el caso es que después de dos partidas me dijo que tenía que irse. Mas antes de partir me espetó esto:

—Ya sabrá usted, por supuesto, lo de don Sandalio...
—No; ¿qué?
—Pues que le han metido ya en la cárcel.
—¡En la cárcel! —exclamé como fulminado.
—Pues claro, ¡en la cárcel! Ya comprenderá usted... —comenzó.

Y yo atajándole:
—¡No, no comprendo nada!

Me levanté, y casi sin despedirme de él me salí del Casino.

«¡En la cárcel —me iba diciendo—, en la cárcel! ¿Por qué?» Y, en último caso, ¿qué me importa? Lo mismo que no quise saber lo de su hijo, cuando se le murió éste, no quiero saber por qué le han metido en la cárcel. Nada me importa de ello. Y acaso a él no le importe mucho más si es como yo me le figuro, como yo me le tengo hecho, acá para mí. Mas, a pesar de todo, este suceso imprevisto cambiaba totalmente el giro de mi vida íntima. ¿Con quién, en adelante, voy a echar mi partida de ajedrez, huyendo de la incurable tontería de los hombres?

A ratos pienso averiguar si es que está o no incomunicado, y si no lo está y se me permite comunicarme con él, ir a la cárcel y pedir permiso para hacerle a diario la partida, claro que sin inquirir por qué le han metido allí ni hablar de ello. Aunque, ¿sé yo acaso si no echa a diario su partida con alguno de los carceleros?

Como puedes figurarte, todo esto ha trastornado todos los planes de mi soledad.

16

28 octubre

Huyendo del Casino, huyendo de la villa, huyendo de la sociedad humana que inventa cárceles, me he ido por el monte, lo más lejos posible de la carretera. Y lejos de la carretera, porque esos pobres árboles anunciadores me parecen también presos, u hospicianos, que es casi igual, y todas esas vallas en que se anuncian toda clase de productos –algunos de maquinaria agrícola; otros, los más, de licores o de neumáticos para automóviles de los que van huyendo de todas partes–, todo ello me recuerda a la sociedad humana que no puede vivir sin bretes, esposas, grillos, cadenas, rejas y calabozos. Y observa de paso que a algunos de esos instrumentos de tortura se les llama esposas y grillos. ¡Pobres grillos!, ¡pobres esposas!

He ido por el monte, saliéndome de los senderos trillados por pies de hombres, evitando, en lo posible, las huellas de éstos, pisando sobre hojas secas –empiezan ya a caer–, y me he ido hasta las ruinas de aquel viejo caserío de que ya te dije, al resto de cuya chimenea de hogar enhollinada abriga hoy el follaje de la hiedra en que anidan los pájaros del campo. ¡Quién sabe si cuando el caserío estuvo vivo, cuando en él chisporroteaba la leña del hogar y en éste hervía el puchero de la familia, no había allí cerca alguna jaula en que de tiempo en tiempo cantaba un jilguero prisionero!

Me he sentado allí, en las ruinas del caserío, sobre una piedra sillar, y me he puesto a pensar si don Sandalio ha tenido hogar, si era hogar la casa en que vivía con el hijo que se le murió, qué sé yo si con alguno más, acaso con mujer. ¿La tenía? ¿Es viudo? ¿Es casado? Pero después de todo, ¿a mí qué me importa?, ¿a qué proponerme estos enigmas que no son más que problemas de ajedrez y de los que no me ofrece el juego de mi vida?

¡Ah, que no me los ofrece...! Tú sabes, mi Felipe, que yo sí que no tengo, hace ya años, hogar, que mi hogar se deshizo, y que hasta el hollín de su chimenea se ha desvanecido en el aire, tú sabes que a esa pérdida de mi hogar se debe la agrura con que me hiere la tontería humana. Un solitario fue Robinsón Crusoe, un solitario fue Gustavo Flaubert, que no podía tolerar la tontería humana, un solitario me parece don Sandalio, y un solitario soy yo. Y todo solitario, Felipe, mi Felipe, es un preso, es un encarcelado, aunque ande libre.

¿Qué hará don Sandalio, más solitario aún, en la celda de su prisión? ¿Se habrá resignado ya y habrá pedido un tablero de ajedrez y un librito de problemas para ponerse a resolverlos? ¿O se habrá puesto a inventar problemas? De lo que apenas me cabe duda, o yo me equivoco mucho respecto a su carácter –y no cabe que me equivoque en mi don Sandalio–, es de que no se le da un bledo del problema o de los problemas que le plantee el juez con sus indagatorias.

Y ¿qué haré yo mientras don Sandalio siga en la cárcel de esta villa, a la que vine a refugiarme de la incurable persecución de mi antropofobia? ¿Qué haré yo en este rincón de costa y de montaña si me quitan a mi don Sandalio, que era lo que me ataba a esa humanidad que tanto me atrae a la vez que tanto me repele? Y si don Sandalio sale de la cárcel y vuelve al Casino y en el Casino al ajedrez –¿qué va a hacer si no?–, ¿cómo voy a jugar con él, ni cómo voy siquiera a poder mirarle a la cara sabiendo que ha estado encarcelado y sin saber por qué? No, no; a don Sandalio, a mi don Sandalio, le han matado con eso de haberle encarcelado. Presiento que ya no va a salir de la cárcel. ¿Va a salir de ella para ser el resto de su vida un problema?, ¿un problema suelto? ¡Imposible!

No sabes, Felipe, en qué estado de ánimo dejé las ruinas del viejo caserío. Iba pensando que acaso me convendría hacer construir en ellas una celda de prisión, una especie de calabozo, y encerrarme allí. O ¿no será mejor que me lleven, como a Don Quijote, en una jaula de madera, en un carro de bueyes, viendo al pasar el campo abierto en que se mueven los hombres cuerdos que se creen libres? O los hombres libres que se creen cuerdos, y es lo mismo en el fondo. ¡Don Quijote! ¡Otro solitario como Robinsón y como Bouvard y como Pécuchet, otro solitario, a quien un grave eclesiástico, henchido de toda la tontería de los hombres cuerdos, le llamó Don Tonto, le diputó mentecato y le echó en cara sandeceses y vaciedades!

Y respecto a Don Quijote, he de decirte, para terminar de una vez este desahogo de carta, que yo me figuro que no se murió tan a seguido de retirarse a su hogar después de vencido en Barcelona por Sansón Carrasco, sino que vivió algún tiempo para purgar su generosa, su santa locura, con el tropel de gentes que iban a buscarle en demanda de su ayuda para que les acorriese en sus cuitas y les enderezase sus tuertos, y cuando se les negaba se ponían a increparle y a acusarle de farsante o de traidor. Y al salir de su casa, se decían: «¡Se ha rajado!». Y otro tormento aún mayor que se le cayó encima debió de ser la nube de reporteros que iban a someterle a interrogatorios o, como han dado en decir ahora, encuestas. Y hasta me figuro que alguien le fue con esta pregunta: «¿A qué se debe, caballero, su celebridad?».

Y basta, basta, basta. ¡Es insondable la tontería humana!

17

30 octubre

Los sucesos imprevistos y maravillosos vienen, como las desgracias, a ventregadas, según dice la gente de los campos. ¿A que no te figuras lo último que me ha ocurrido? Pues que el juez me ha llamado a declarar: «A declarar... ¿qué?», te preguntarás. Y es lo mismo que yo me pregunto: «A declarar... ¿qué?».

Me llamó, me hizo jurar o prometer por mi honor que diría la verdad en lo que supiere y fuere preguntado, y a seguida me preguntó si conocía y desde cuándo le conocía a don Sandalio Cuadrado y Redondo. Le expliqué cuál era mi conocimiento con él, que yo no conocía más que al ajedrecista, que no tenía la menor noticia de su vida. A pesar de lo cual, el juez se empeñó en sonsacarme lo insonsacable y me preguntó si le había oído alguna vez algo referente a sus relaciones con su yerno. Tuve que contestarle que ignoraba que don Sandalio tuviese o hubiese tenido una hija casada, así como ignoraba hasta aquel momento que se apellidase, de una manera contradictoria, Cuadrado y Redondo.

—Pues él, don Sandalio, según su yerno, que es quien ha indicado que se le llame a usted a declarar, hablaba alguna vez, en su casa, de usted —me ha dicho el juez.

—¿De mí? —le he contestado todo sorprendido y casi fulminado—. ¡Pero si me parece que ni sabe cómo me llamo!, ¡si apenas existo yo para él!

—Se equivoca usted, señor mío; según su yerno...

—Pues le aseguro, señor juez —le he dicho—, que no sé de don Sandalio nada más que lo que le he dicho, y que no quiero saber más.

El juez parece que se ha convencido de mi veracidad y me ha dejado ir sin más enquisa.

Y aquí me tienes todo confuso por lo que se está haciendo mi don Sandalio. ¿Volveré al Casino? ¿Volveré a que me hieran astillas de las conversaciones que sostienen aquellos socios que tan fielmente me representan a la humanidad media, al término medio de la humanidad? Te digo, Felipe, que no sé qué hacer.

18

4 noviembre

¡Y ahora llega, Felipe, lo más extraordinario, lo más fulminante! Y es que don Sandalio... se ha muerto en la cárcel. Ni sé bien cómo lo he sabido. Lo he oído acaso en el Casino, donde comentaban esa muerte. Y yo, huyendo de los comentarios, he huido del Casino yéndome al monte. Iba como sonámbulo; no sabía lo que me pasaba. Y he llegado al roble, a mi viejo roble, y como empezaba a lloviznar me he refugiado en sus abiertas entrañas. Me he metido allí, acurrucado, como estaría Diógenes en su tonel, en la ancha herida, y me he puesto a... soñar mientras el viento arremolinaba las hojas secas a mis pies y a los del roble.

¿Qué me ha ocurrido allí? ¿Por qué de pronto me ha invadido una negra congoja y me he puesto a llorar, así como lo oyes, Felipe, a llorar la muerte de mi don Sandalio? Sentía dentro de mí un vacío inmenso. Aquel hombre a quien no le interesaban los problemas forjados sistemáticamente, los problemas que traen los periódicos en la sección de jeroglíficos, logogrifos, charadas y congéneres, aquel hombre a quien se le había muerto un hijo, que tenía o había tenido una hija casada y un yerno, aquel hombre a quien le habían metido en la cárcel y en la cárcel se había muerto, aquel hombre se me había muerto a mí. Ya no le oiría callar mientras jugaba, ya no oiría su silencio. Silencio realzado por aquella única palabra que pronunciaba, litúrgicamente, alguna vez, y era: «¡jaque!». Y no pocas veces hasta la callaba, pues si se veía el jaque, ¿para qué anunciarlo de palabra?

Y aquel hombre hablaba alguna vez de mí en su casa, según su yerno. ¡Imposible! El tal yerno tiene que ser un impostor. ¡Qué iba a hablar de mí si no me conocía! ¡Si apenas me oyó cuatro palabras! ¡Como no fuera que me inventó como yo me dedicaba a inventarlo! ¿Haría él conmigo algo de lo que hacía yo con él?

El yerno es, de seguro, el que hizo que le metieran en la cárcel. ¿Pero para qué? No me pregunto «¿por qué?», sino «¿para qué?». Porque en esto de la cárcel lo que importa no es la causa, sino la finalidad. ¿Y para qué hizo que el juez me llamase a declarar?, ¿a mí?, ¿como testigo de descargo acaso? Pero descargo de qué? ¿De qué se le acusaba a don Sandalio? ¿Es posible que don Sandalio, mi don Sandalio, hiciese algo merecedor de que se le encarcelase? ¡Un ajedrecista silencioso! El ajedrez tomado así como lo tomaba mi don Sandalio, con religiosidad, le pone a uno más allá del bien y del mal.

Pero ahora me acuerdo de aquellas solemnes y parcas palabras de don Sandalio cuando me dijo: «¿Problemas? No me importan los problemas; basta con los que el juego mismo nos ofrece sin ir más a buscarlos». ¿Le habría llevado a la cárcel alguno de esos problemas que nos ofrece el juego de la vida? ¿Pero es que mi don Sandalio vivió? Pues que ha muerto, claro es que vivió. Mas llego a las veces a dudar de que se haya muerto. Un don Sandalio así no puede morirse, no puede hacer tan mala jugada. Hasta eso de hacer como que se muere en la cárcel me parece un truco. Ha querido encarcelar a la muerte. ¿Resucitará?

19

6 noviembre

Me voy convenciendo poco a poco –¿y qué remedio?– de la muerte de don Sandalio, pero no quiero volver al Casino, no quiero verme envuelto en aquel zumbante oleaje de tontería mansa –y la mansa es la peor–, en aquella tontería societaria humana, ¡figúrate!, la tontería que les hace asociarse a los hombres los unos con los otros. No quiero oírles comentar la muerte misteriosa de don Sandalio en la cárcel. ¿Aunque para ellos hay misterio? Los más se mueren sin darse cuenta de ello, y algunos reservan para última hora sus mayores tonterías, que se las trasmiten en forma de consejos testamentarios a sus hijos y herederos. Sus hijos no son más que sus herederos; carecen de vida íntima, carecen de hogar.

Jugadores de tresillo, de tute, de mus, jugadores también de ajedrez, pero con tarareos y estribillos y sin religiosidad alguna. No más que mirones aburridos.

¿Quién inventó los Casinos? Al fin los cafés públicos, sobre todo cuando no se juega en ellos, cuando no se oye el traqueteo del dominó sobre todo, cuando se da libre curso a la charla suelta y pasajera, sin taquígrafos, son más tolerables. Hasta son refrescantes para el ánimo. La tontería humana se depura y afina en ellos porque se ríe de sí misma, y la tontería cuando da en reírse de sí, deja de ser tal tontería. El chiste, el camelo, la pega, la redimen.

¡Pero esos Casinos con su reglamento, en el que suele haber aquel infamante artículo de «se prohíben las discusiones de religión y de política»–¿y de qué van a discutir?–, y con su biblioteca más desmoralizadora aún que la llamada sala del crimen! ¡Esa biblioteca, que alguna vez se le enseña al forastero, y en la que no falta el Diccionario de la Real Academia Española para resolver las disputas, con apuesta, sobre el valor de una palabra y si está mejor dicha así o del otro modo...! Mientras que en el café...

Mas no temas, querido Felipe, que me vaya ahora a refugiar, para consolarme de la muerte de don Sandalio, en alguno de los cafés de la villa, no. Apenas si he entrado en alguno de ellos. Una vez, a tomar un refresco, en uno que estaba a aquella hora solitario. Había grandes espejos, algo opacos, unos frente a otros, y yo entre ellos me veía varias veces reproducido, cuanto más lejos más brumoso, perdiéndome en lejanías como de triste ensueño. ¡Qué monasterio de solitarios el que formábamos todas las imágenes aquellas, todas aquellas copias de un original! Empezaba ya a desasosegarme esto cuando entró otro prójimo en el local, y al ver cruzar por el vasto campo de aquel ensueño todas sus reproducciones, todos sus repetidos, me salí huido.

Y ahora voy a contarte lo que me pasó una vez en un café de Madrid, en el cual estaba yo soñando como de costumbre cuando entraron cuatro chulos que se pusieron a discutir de toros. Y a mí me divertía oírles discutir, no lo que habían visto en la plaza de toros, sino lo que habían leído en las revistas taurinas de los periódicos. En esto entró un sujeto que se puso allí cerca, pidió café, sacó un cuadernillo y empezó a tomar notas en él. No bien le vieron los chulos, parecieron recobrarse, cesaron en su discusión, y uno de ellos, en voz alta y con cierto tono de desafío, empezó a decir: «¿Sabéis lo que os digo? Pues que ese tío que se ha puesto ahí con su cuadernillo y como a tomar la cuenta de la patrona, es uno de esos que vienen por los cafés a oír lo que decimos y a sacarnos luego en los papeles... ¡Que le saque a su abuela!» Y por este tono, y con impertinencias mayores, la emprendieron los cuatro con el pobre hombre –acaso no era más que un revistero de toros–, de tal manera que tuvo que salirse. Y si es que en vez de revistero de toros era uno de esos noveladores de novelas realistas o de costumbrismo, que iba allí a documentarse, entonces tuvo bien merecida la lección que le dieron.

No, yo no voy a ningún café a documentarme; a lo más, a buscar una sala de espejos en que nos juntemos, silenciosamente y a distancia, unas cuantas sombras humanas que van esfumándose a lo lejos. Ni vuelvo al Casino; no, no vuelvo a él.

Podrás decirme que también el Casino es una especie de galería de espejos empañados, que también en él nos vemos, pero... Recuerda lo que tantas veces hemos comentado de Píndaro, el que dijo lo de: «¡hazte el que eres!», pero dijo también –y en relación con ello– lo de que el hombre es «sueño de una sombra». Pues bien: los socios del Casino no son sueños de sombras, sino que son sombras de sueños, que no es lo mismo. Y si don Sandalio me atrajo allí fue porque le sentí soñar, soñaba el ajedrez, mientras que los otros... Los otros son sombras de sueños míos.

No, no vuelvo al Casino; no vuelvo a él. El que no se vuelve loco entre tantos tontos es más tonto que ellos.

20

10 noviembre

Todos estos días he andado más huido aún de la gente, con más hondo temor de oír sus tonterías. De la playa al monte y del monte a la playa, de ver rodar las olas a ver rodar las hojas por el suelo. Y alguna vez también a ver rodar las hojas a las olas.

Hasta que ayer, pásmate, Felipe, ¿quién crees que se me presentó en el hotel pretendiendo tener una conferencia conmigo? Pues nada menos que el yerno de don Sandalio.

–Vengo a verle –empezó diciéndome– para ponerle al corriente de la historia de mi pobre suegro...

–No siga usted –le interrumpí–, no siga usted. No quiero saber nada de lo que usted va a decirme, no me interesa nada de lo que usted pueda decirme de don Sandalio. No me importan las historias ajenas, no quiero meterme en las vidas de los demás...

–Pero es que como yo le oía hablar tanto a mi suegro de usted...

–¿De mí?, ¿y a su suegro? Pero si su suegro apenas me conocía..., si don Sandalio acaso no sabía mi nombre...

—Se equivoca usted.

—Pues si me equivoco, prefiero equivocarme. Y me choca que don Sandalio hablase de mí, porque don Sandalio no hablaba de nadie ni apenas de nada.

—Eso era fuera de casa.

—Pues de lo que hablase dentro de casa no se me da un pitoche.

—Yo creí, señor mío —me dijo entonces—, que había usted cobrado algún apego, acaso algún cariño, a don Sandalio...

—Sí —le interrumpí vivamente—, pero a mi don Sandalio, ¿lo entiende usted?, al mío, al que jugaba conmigo silenciosamente al ajedrez, y no al de usted, no a su suegro. Podrán interesarme los ajedrecistas silenciosos, pero los suegros no me interesan nada. Por lo que le ruego que no insista en colocarme la historia de su don Sandalio, que la del mío me la sé yo mejor que usted.

—Pero al menos —me replicó— consentirá usted a un joven que le pida un consejo...

—¿Consejos?, ¿consejos yo? No, yo no puedo aconsejar nada a nadie.

—De modo que se niega...

—Me niego redondamente a saber nada más de lo que usted pueda contarme. Me basta con lo que yo me invento.

Me miró el yerno de una manera no muy diferente a como me miraba su suegro cuando le hablé del obispo loco, del alfil de marcha soslayada, y encogiéndose de hombros se me despidió y saliose de mi cuarto. Y yo me quedé pensando si acaso don Sandalio comentaría en su casa, ante su hija y su yerno, aquella mi disertación sobre el elefantino obispo loco del ajedrez. Quién sabe...

Y ahora me dispongo a salir de esta villa, a dejar este rincón costero y montañés. Aunque ¿podré dejarlo?, ¿no quedo sujeto a él por el recuerdo de don Sandalio sobre todo? No, no, no puedo salir de aquí.

21

15 noviembre

Ahora empiezo a hacer memoria, empiezo a remembrar y a reconstruir ciertos oscuros ensueños que se me cruzaron en el camino, sombras que nos pasan por delante o por el lado, desvanecidas y como si pasasen por una galería de espejos empañados. Alguna vez, al volver de noche a mi casa, me crucé en el camino con una sombra humana que se proyectó sobre lo más hondo de mi conciencia, entonces como adormilada, que me produjo una extraña sensación y que al pasar a mi lado bajó la cabeza así como si evitara el que yo le reconociese. Y he dado en pensar si es que acaso no era don Sandalio, pero otro don Sandalio, el que yo no conocía, el no ajedrecista, el del hijo que se le murió, el del yerno, el que hablaba, según éste, de mí en su casa, el que se murió en la cárcel. Quería sin duda escapárseme, huía de que yo le reconociera.

¿Pero es que cuando así me crucé, o se me figura ahora que me crucé, con aquella sombra humana, de espejo empañado, que hoy, a la distancia en el pasado, se me hace misteriosa, iba yo despierto, o dormido?

¿O es que ahora se me presentan como recuerdos de cosas pasadas –yo creo, ya lo sabes, y vaya de paradoja, que hay recuerdos de cosas futuras como hay esperanzas de cosas pasadas, y esto es la añoranza–, figuraciones que acabo de hacerme? Porque he de confesarte, Felipe mío, que cada día me forjo nuevos recuerdos, estoy inventando lo que me pasó y lo que pasó por delante de mí. Y te aseguro que no creo que nadie pueda estar seguro de qué es lo que le ocurrió y qué es lo que está de continuo inventando que le había ocurrido. Y ahora yo, sobre la muerte de don Sandalio, me temo que estoy formando otro don Sandalio. Pero ¿me temo?, ¿temer?, ¿por qué?

Aquella sombra que se me figura ahora, a trasmano, a redrotiempo, que vi cruzar por la calle con la cabeza baja –¿la suya o la mía?–, ¿sería la de don Sandalio que venía de topar con uno de esos problemas que nos ofrece traidoramente el juego de la vida, acaso con el problema que le llevó a la cárcel y en la cárcel a la muerte?

22

20 noviembre

No, no te canses, Felipe; es inútil que insistas en ello. No estoy dispuesto a ponerme a buscar noticias de la vida familiar e íntima de don Sandalio, no he de ir a buscar a su yerno para informarme de por qué y cómo fue a parar su suegro a la cárcel ni de por qué y cómo se murió en ella. No me interesa su historia, me basta con su novela. Y en cuanto a ésta, la cuestión es soñarla.

Y en cuanto a esa indicación que me haces de que averigüe siquiera cómo es o cómo fue la hija de don Sandalio —cómo fue si el yerno de éste está viudo por haberse muerto la tal hija— y cómo se casó, no esperes de mí tal cosa. Te veo venir, Felipe, te veo venir. Tú has echado de menos en toda esta mi correspondencia una figura de mujer y ahora te figuras que la novela que estás buscando, la novela que quieres que yo te sirva, empezará a cuajar en cuanto surja ella. ¡Ella! ¡La ella del viejo cuento! Sí, ya sé, «¡buscad a ella!». Pero yo no pienso buscar ni a la hija de don Sandalio ni a otra ella que con él pueda tener relación. Yo me figuro que para don Sandalio no hubo otra ella que la reina del ajedrez, esa reina que marcha derecha, como una torre, de blanco en negro y de negro en blanco y a la vez de sesgo como un obispo loco y elefantino, de blanco en blanco o de negro en negro; esa reina que domina el tablero, pero a cuya dignidad e imperio puede llegar, cambiando de sexo, un triste peón. Ésta creo que fue la única reina de sus pensamientos.

No sé qué escritor de esos obstinados por el problema del sexo dijo que la mujer es una esfinge sin enigma. Puede ser; pero el problema más hondo de la novela, o sea del juego de nuestra vida, no está en cuestión sexual, como no está en cuestión de estómago. El problema más hondo de nuestra novela, de la tuya, Felipe, de la mía, de la de don Sandalio, es un problema de personalidad, de ser o no ser, y no de comer o no comer, de amar o de ser amado; nuestra novela, la de cada uno de nosotros, es si somos más que ajedrecistas, o tresillistas, o tutistas, o casineros, o... la profesión, oficio, religión o deporte que quieras, y esta novela se la dejo a cada cual que se la sueñe como mejor le aproveche, le distraiga o le consuele. Puede ser que haya esfinges sin enigma –y éstas son las novelas de que gustan los casineros–, pero hay también enigmas sin esfinge. La reina del ajedrez no tiene el busto, los senos, el rostro de mujer de la esfinge que se asienta al sol entre las arenas del desierto, pero tiene su enigma. La hija de don Sandalio puede ser que fuese esfíngica y el origen de su tragedia íntima, pero no creo que fuese enigmática, y en cambio la reina de sus pensamientos era enigmática aunque no esfíngica; la reina de sus pensamientos no se estaba asentada al sol entre las arenas del desierto, sino que recorría el tablero, de cabo a cabo, ya derechamente, ya de sesgo. ¿Quieres más novela que ésta?

23

28 noviembre

¡Y dale con la colorada! Ahora te me vienes con eso de que escriba por lo menos la novela de don Sandalio el ajedrecista. Escríbela tú si quieres. Ahí tienes todos los datos, porque no hay más que los que yo te he dado en estas mis cartas. Si te hacen falta otros, invéntalos recordando lo de nuestro Pepe *el Gallego*. Aunque, en todo caso, ¿para qué quieres más novela que la que te he contado? En ella está todo. Y al que no le baste con ello, que añada de su cosecha lo que necesite. En esta mi correspondencia contigo está toda mi novela del ajedrecista, toda la novela de mi ajedrecista. Y para mí no hay otra.

¿Que te quedas con la gana de más, de otra cosa? Pues, mira, busca en esa ciudad en que vives un café solitario –mejor en los arrabales–, pero un café de espejos, enfrentados y empañados, y ponte en medio de ellos y échate a soñar. Y a dialogar contigo mismo. Y es casi seguro que acabarás por dar con tu don Sandalio. ¿Que no es el mío? ¡Y qué más da! ¿Que no es ajedrecista? Sería billarista o futbolista o lo que fuere. O será novelista. Y tú mismo mientras así le sueñes y con él dialogues te harás novelista. Hazte, pues, Felipe mío, novelista y no tendrás que pedir novelas a los demás. Un novelista no debe leer novelas ajenas, aunque otra cosa diga Blasco Ibáñez, que asegura que él apenas lee más que novelas.

Y si es terrible caer como en profesión en fabricante de novelas, mucho más terrible es caer como en profesión en lector de ellas. Y créeme que no habría fábricas, como esas americanas, en que se producen artículos en serie, si no hubiese una clientela que consume los artículos seriados, los productos con marca de fábrica.

Y ahora, para no tener que seguir escribiéndote y para huir de una vez de este rincón donde me persigue la sombra enigmática de don Sandalio el ajedrecista, mañana mismo salgo de aquí y voy a ésa para que continuemos de palabra este diálogo sobre su novela.

Hasta pronto, pues, y te abraza por escrito tu amigo.

Epílogo

He vuelto a repasar esta correspondencia que me envió un lector desconocido, la he vuelto a leer una y más veces, y cuanto más la leo y la estudio más me va ganando una sospecha, y es que se trata, siquiera en parte, de una ficción para colocar una especie de autobiografía amañada. O sea que el don Sandalio es el mismo autor de las cartas, que se ha puesto fuera de sí para mejor representarse y a la vez disfrazarse y ocultar su verdad. Claro está que no ha podido contar lo de su muerte y la conversación de su yerno con el supuesto corresponsal de Felipe, o sea consigo mismo, pero esto no es más que un truco novelístico.

¿O no será acaso que el don Sandalio, el mi don Sandalio, del epistolero, no es otro que el mi querido Felipe mismo? ¿Será todo ello una autobiografía novelada del Felipe destinatario de las cartas y al parecer mi desconocido lector mismo? ¡El autor de las cartas! ¡Felipe! ¡Don Sandalio el ajedrecista! ¡Figuras todas de una galería de espejos empañados!

Sabido es, por lo demás, que toda biografía, histórica o novelesca –que para el caso es igual–, es siempre autobiográfica, que todo autor que supone hablar de otro no habla en realidad más que de sí mismo y, por muy diferente que este sí mismo sea de él propio, de él tal cual se cree ser. Los más grandes historiadores son los novelistas, los que más se meten a sí mismos en sus historias, en las historias que inventan.

Y por otra parte, toda autobiografía es nada menos que una novela. Novela las Confesiones, *desde san Agustín, y novela las de Juan Jacobo Rousseau y novela el* Poesía y Verdad, *de Goethe, aunque éste, ya al darle el título que les dio a sus* Memorias, *vio con toda su olímpica clarividencia que no hay más verdad verdadera que la poética, que no hay más verdadera historia que la novela.*

Todo poeta, todo creador, todo novelador –novelar es crear–, al crear personajes se está creando a sí mismo, y si le nacen muertos es que él vive muerto. Todo poeta, digo, todo creador, incluso el Supremo Poeta, el Eterno Poeta, incluso Dios, que al crear la Creación, el Universo, al estarlo creando de continuo, poematizándolo, no hace sino estarse creando a Sí mismo en su Poema, en su Divina Novela.

Por todo lo cual, y por mucho más que me callo, nadie me quitará de la cabeza que el autor de estas cartas en que se nos narra la biografía de don Sandalio, el jugador de ajedrez, es el mismo don Sandalio, aunque para despistarnos nos hable de su propia muerte y de algo que poco después de ella pasó.

No faltará, a pesar de todo, algún lector materialista, de esos a quienes les falta tiempo material –¡tiempo *material!, qué expresión tan reveladora!–* para bucear en los más hondos problemas del juego de la vida, que opine que yo debí, con los datos de estas cartas, escribir la novela de don Sandalio, inventar la resolución del problema misterioso de su vida y hacer así una novela, lo que se llama una novela. Pero yo, que vivo en un tiempo espiritual, me he propuesto escribir la novela de una novela –que es algo así como sombra de una sombra–, no la novela de un novelista, no, sino la novela de una novela, y escribirla para mis lectores, para los lectores que yo me he hecho a la vez que ellos me han hecho a mí. Otra cosa ni me interesa mucho ni les interesa mucho a mis lectores, a los míos. Mis lectores, los míos, no buscan el mundo coherente de las novelas llamadas realistas –¿no es verdad, lectores míos?–; mis lectores, los míos, saben que un argumento no es más que un pretexto para una novela, y que queda, ésta, la novela, toda entera, y más pura, más interesante, más novelesca, si se le quita el argumento. Por lo demás, yo ya ni necesito que mis lectores –como el desconocido que me proporcionó las cartas de Felipe–, los míos, me proporcionen argumentos para que yo les dé las novelas. Prefiero, y estoy seguro de que ellos han de preferirlo, que les dé yo las novelas y ellos les pongan argumentos. No son mis lectores de los que al ir a oír una ópera o ver una película de cine –sonoro o no– compran antes el argumento para saber a qué atenerse.*

Salamanca, diciembre 1930

Un pobre hombre rico o
El sentimiento cómico de la vida

*Dilectus meus misit manum suam per foramen,
et venter meus intremuit ad tactum eius.*

Cantica canticorum, V, 4

Emeterio Alfonso se encontraba a sus veinticuatro años soltero, solo y sin obligaciones de familia, con un capitalillo modesto y empleado a la vez en un banco. Se acordaba vagamente de su infancia y de cómo sus padres, modestos artesanos que a fuerza de ahorro amasaron una fortunita, solían exclamar al oírle recitar los versos del texto de retórica y poética: «¡Tú llegarás a ministro!». Pero él, ahora, con su rentita y su sueldo no envidiaba a ningún ministro.

Era Emeterio un joven fundamental y radicalmente ahorrativo. Cada mes depositaba en el banco mismo en que prestaba sus servicios el fruto de su ahorro mensual. Y era ahorrativo, lo mismo que en dinero, en trabajo, en salud, en pensamiento y en afecto. Se limitaba a cumplir, y no más, en su labor de oficina bancaria, era aprensivo y se servía de toda clase de preservativos, aceptaba todos los lugares comunes del sentido también común, y era parco en amistades. Todas las noches al acostarse, casi siempre a la misma hora, ponía sus pantalones en esos aparatos que sirven para mantenerlos tersos y sin arrugas.

Asistía a una tertulia de café donde reía las gracias de los demás y él no se cansaba en hacer gracia. El único de los contertulios con quien llegó a trabar alguna intimidad fue Celedonio Ibáñez, que le tomó de «¡oh amado Teótimo!» para ejercer sus facultades. Celedonio era discípulo de aquel extraordinario don Fulgencio Entrambosmares del Aquilón de quien se dio prolija cuenta en nuestra novela *Amor y pedagogía*.

Celedonio enseñó a su admirador Emeterio a jugar al ajedrez y le metió en el arte entretenido, inofensivo, honesto y saludable de descifrar charadas, jeroglíficos, logogrifos, palabras cruzadas y demás problemas inocentes. Celedonio, por su parte, se dedicaba a la economía pura, no a la política, con cálculo diferencial e integral y todo. Era el consejero, casi el confesor de Emeterio. Y éste estaba al tanto del sentido de lo que pasaba por los comentarios de Celedonio, y en cuanto a lo que pasaba sin sentido, enterábase de ello por *La Correspondencia de España*, que leía a diario, cada noche, al acostarse. Los sábados se permitía ir al teatro, pero a ver comedias o sainetes, no dramas.

Tal era, por fuera, en la exterioridad, la vida apacible y metódica de Emeterio; en la interioridad, si es que no en la intimidad, era un huésped, huésped de la casa de pupilos de doña Tomasa. Su interioridad era la hospedería, la casa de huéspedes; ésta su hogar y su única familia sustitutiva.

El personal de la casa de huéspedes, compuesto de viajantes de comercio, estudiantes, opositores a cátedras y gentes de ocupaciones ambiguas, se renovaba frecuentemente. El pupilo más fijo era él, Emeterio, que iba acercándose desde la interioridad a la intimidad de la casa de doña Tomasa.

El corazón de esta intimidad era Rosita, la única hija de doña Tomasa, la que le ayudaba a llevar el negocio y la que servía a la mesa a los huéspedes con gran contento de éstos. Porque Rosita era fresca, apetitosa y aperitiva y hasta provocativa. Se resignaba sonriente a cierto discreto magreo, pues sabía que las tentarujas encubrían las deficiencias de las chuletas servidas, y aguantaba los chistes verdes y aun los provocaba y respondía. Rosita tenía veinte años floridos. Y entre los huéspedes, al que en especial dedicaba sus pestañeos, sus caídas de ojos, era a Emeterio. «¡A ver si le pescas...!», solía decirle su madre, doña Tomasa, y ella, la niña: «O si le cazo...». «¿Pero es que es carne o pescado?» «Me parece, madre que no es carne ni pescado, sino rana.» «¿Rana? Pues encandílale, hija, encandílale, ¿para qué quieres, si no, esos ojos?» «Bueno, madre, pero no haga así de encandiladora, que me basto yo sola.» «Pues a ello, ¿eh?, ¡y tacto!» Y así es como Rosita se puso a encandilar a Emeterio, o don Emeterio, como ella le llamaba siempre, encontrándole hasta guapo.

Emeterio trataba a la vez, ahorrativamente, de aprovecharse y de defenderse, porque no quería caer de primo. Escocíale, además –además de otros escocimientos–, que los huéspedes seguían con sonrisas que a él, a Emeterio, se le antojaban compasivas, las maniobras y ojeadas de Rosita; todos, menos Martínez, que las miraba con toda la seriedad de un opositor a cátedra de psicología que era. «Pero no, no, a mí no me pesca –se decía Emeterio– esta chiquilla; ¡cargar yo con ella y con doña Tomasa encima! El buey suelto bien se lame..., buey..., buey..., ¡pero no toro!»

–Además –le decía Emeterio, y como en confesión, a Celedonio–, esa chiquilla sabe demasiado. ¡Tiene una táctica...!

–Pues tú, Emeterio, contra táctica..., ¡tacto!

–Al contrario, Celedonio, al contrario. Su táctica sí que es tacto, táctica de tacto. ¡Si vieras cómo se me arrima! Con cualquier pretexto, y como quien no quiere la cosa, a rozarme. Me quiere seducir, no cabe duda. Y yo no sé si a la vez...

–¡Vamos, Emeterio, que los dedos se te antojan huéspedes!

–Al revés, son los huéspedes los que se me antojan dedos. Y luego ese Martínez, el opositor de turno, que se la come con los ojos mientras mascula el bisteque, y a quien parece que le tiene como sustituto por si yo le fallo.

–¡Fállala, pues, Emeterio, fállala!

–Y si vieras las mañas que tiene... Una vez, cuando empezaba yo a leer el folletín de *La Corres,* se me metió en el cuarto, y haciendo como que se ruborizaba, ¡qué colores!, dijo: «¡Ay, perdone, don Emeterio, me había equivocado...!».

–¿Te trata de don?

–Siempre. Y cuando alguna vez le he dicho que deje el don, que me llame Emeterio a secas, ¿sabes lo que me ha respondido? Pues: «¿A secas? A secas, no, don Emeterio, con don...». Y eso de fingir que se equivoca y metérseme en el cuarto...

—Estás en casa de su madre, doña Tomasa, y me temo que como dice la Escritura no te meta en el cuarto de la que la parió...

—¿La Escritura? ¿Pero la Sagrada Escritura dice esas cosas...?

—Sí, es del místico Cantar de los Cantares en que, como en un ombligo, han bebido tantas almas sedientas de amor trasmundano. Y esto del ombligo en que se bebe es también, por supuesto, bíblico.

—Pues tengo que huir, Celedonio, tengo que huir. Esa chiquilla no me conviene para mujer propia...

—¿Y ajena?

—Y de todos modos, ¡líos no, líos no! O hacer las cosas como Dios manda, o no hacerlas...

—Sí, y Dios manda: ¡creced y multiplicaos! Y tú, por lo que se ve, no quieres multiplicarte.

—¿Multiplicarme? Hartas multiplicaciones hago en el banco. ¿Multiplicarme?, ¡por mí mismo!

—Vamos, sí, elevarte al cubo. ¡Vaya una elevación!

Y, en efecto, todo el cuidado de Emeterio era defenderse de la táctica envolvente de Rosita.

—Vaya —llegó una vez a decirle—, ya veo que tratas de encandilarme, pero es trabajo perdido...

—¿Pero qué quiere usted decirme con eso, don Emeterio?

—¡Aunque perdido no! Porque luego me voy por ahí y..., ¡a tu salud, Rosita!

—¿A mi salud? Será a la suya...
—Sí, a la mía, pero con precauciones...

¡Pobre Emeterio! Rosita le cosía los botones que se le rompían, por lo cual él dejaba que se le rompieran; Rosita solía hacerle la corbata diciéndole: «Pero venga usted acá, don Emeterio; ¡qué Adán es usted...!, venga a que le ponga bien esa corbata...»; Rosita le recogía los sábados la ropa sucia, salvo alguna prenda que alguna vez él hurtaba para llevársela a la lavandera. Rosita le llevaba a la cama el ponche caliente cuando alguna vez tenía que acostarse más temprano por causa de catarro. Él, en cambio, llegó algún sábado a llevarla al teatro, a ver algo de reír.

Un día de Difuntos la llevó a ver el *Tenorio*. «¿Y por qué, don Emeterio, se ha de dar esto el día de Difuntos?» «Pues por el Comendador...» «Pero ese Don Juan me parece un panoli.»

Y con todo ello, Emeterio, el ahorrativo, no caía.

—Para mí —le decía doña Tomasa a su hija— que este panoli tiene por ahí algún lío...

—¡Qué ha de tenerlo, madre, qué ha de tenerlo! ¿Líos él? Lo habría yo olido...

—Y si la prójima no se perfuma...

—Le habría olido a prójima sin perfumar...

—¿Y una novia formal?

—¿Novia formal él? Menos.

—¿Pues entonces?

—Que no le tira el casorio, madre, que no le tira...

—Le tirará otra cosa...

—¿Comprometerse él?, ¡qué va!

—Pues entonces, hija, estamos haciendo el paso, y tú no puedes perder así el tiempo. Habrá que recurrir a Martínez, aunque apenas si es proporción. Y di, ¿qué librejos son esos que te ha dado a leer...?

—Nada, madre, paparruchas que escriben sus amigos.

—Mira a ver si le da a él por escribir noveluchas de ésas y nos saca en alguna de ellas a nosotras...

—¿Y qué más querría usted, madre?

—¿Yo?, ¿verme yo en papeles?

Por fin Emeterio, después de haberlo tratado y consultado con Celedonio, acordó huir de la tentación. Aprovechó para ello unas vacaciones de verano para irse a un balneario a ahorrar salud, y al volver a la Corte, a restituirse a su banco, trasladarse con su mundo a otra casa de huéspedes. Porque su mundo, su viejo mundo, lo dejó, al irse de veraneo, en casa de doña Tomasa y como en prenda, llevándose no más que una maleta consigo. Y al volver no se atrevió ni a ir a despedirse de Rosita, sino que, con una carta, mandó a pedir su mundo.

¡Pero lo que ello le costó! ¡Las noches de pesadillas que le atormentó el recuerdo de Rosita! ¡Ahora era cuando comprendió cuán hondamente prendado quedó de ella, ahora era cuando en la oscuridad del lecho le perseguía aquel pestañeo llamativo! «Llamativo —se decía porque me llama, porque es de llama, de llama de fuego, y también porque sus ojos tienen la dulzura peligrosa de los de la llama del Perú... ¿He hecho bien en huir? ¿Qué de malo hay en Rosita? ¿Por qué le he cobrado miedo? El buey suelto..., pero me parece que los lametones del buey son peores para la salud...»

—Duermo mal y sueño peor —le decía a Celedonio—, me falta algo, me siento ahogar...

—Te falta la tentación, Emeterio, no tienes con quién luchar.

—Es que no hago sino soñar con ella, y ya Rosita se me ha convertido en pesadilla...

—¿Pesadilla, eh?, ¿pesadilla?

—No puedo olvidar, sobre todo, su caída de ojos, su pestañeo...

—Te veo en camino de escribir un tratado de estética.

—Mira, no te lo he dicho antes. Tú sabes que tengo siempre en mi cuarto un calendario americano, de esos de pared, para saber el día en que estoy...

—Será para descifrar la charada o el jeroglífico de cada día...

—También, también. Pues el día en que salí de casa de doña Tomasa llevándome, ¡claro!, el calendario en el fondo del viejo mundo, no arranqué la hoja...

—¡Renunciando a la charada de aquel día solemne!

—Sí, no la arranqué, y así seguí y así la tengo aún.

—Pues eso me recuerda, Emeterio, lo de aquel recién casado que al morírsele la mujer dio un golpe al reló, un golpecito, lo hizo pararse y siguió con él, marcando aquel trágico momento, las siete y trece, parado y sin arreglarlo.

—No está mal, Celedonio, no está mal.

—Pues yo creo que habría estado mejor que en aquel momento le hubiese arrancado al reló el minutero y el horario, pero siguiendo dándole cuerda, y así si le preguntaban: «¿Qué hora es, caballero?», poder responder: «¡Anda, pero no marca!», en vez de «¡Marca, pero no anda!» ¿Llevar un reló parado...?, ¡jamás! Que ande, aunque no marque hora.

Y continuó Emeterio cultivando la tertulia del café, riendo los chistes de los demás, yendo al teatro los sábados, llevando al fin de cada mes sus ahorros al banco en que servía, ahorros que aumentaban con los relieves de los anteriores ahorros, y cuidando, con toda clase de precauciones ahorrativas, de su salud de soltero que bien se lame. Pero ¡qué vacío en su vida! No, no, la tertulia no era vida. Y aun uno de los contertulios, el más chistoso y ocurrente, un periodista, se le presentó un día en el banco a darle un sablazo, y como él se negara, le espetó: «¡Usted me ha estafado!». «¿Yo?» «¡Sí, usted, porque a la tertulia va cada uno en su concepto y da lo que tiene; yo le he hecho reír, le he divertido; usted nada dice allí, usted no va más que como hombre acomodado; acudo a usted en su concepto y se me niega, luego usted me ha estafado, usted me ha estafado!» «Pero es que yo, señor mío, no voy allá como rico, sino como consumidor...» «¿Consumidor de qué?» «¡De chistes! ¡He reído los de usted, y en paz!» «Consumidor..., consumidor... ¡Lo que hace usted es consumirse!» Y así era la verdad.

¡Y la nueva casa de huéspedes!

—¡Qué casa, Celedonio, qué casa! Aunque eso no es casa; es mesón o posada o parador. ¡La de doña Tomasa sí que era casa!

—Sí, una casa de pupilos.

—Y ésta una casa de pupilas, porque ¡qué criadas!, ¡qué bestias! Al fin Rosita era una hija de la casa, una hija de casa y en la suya no tuve que rozarme con criadas...

—¿Con pupilas, quieres decir?

—¡Pero en este mesón! Ahora hay una Maritornes que se empeña en freír los huevos nadando en aceite, y cuando al traérmelos a la mesa se lo reprendo, me sale con que eso es *pa untar!* ¡Figúrate!

—Claro, Rosita freía los huevos como hija de casa...

—¡Pues claro!, cuidando por mi salud; pero estas bestias... Y luego se ha empeñado en ponerme el mundo pegado a la pared, con lo cual, ya ves, no se puede abrir bien, porque mi mundo es de esos antiguos que tienen la cubierta en comba...

—Vamos, sí, como el cielo, cóncava-convexa.

—¡Ay, Celedonio, por qué dejé aquella casa!

—Quieres decir que en esta casa no se te encandila...

—Ésta no tiene nada de hogar..., de fogón...

—¿Y por qué no vas a otra?

—Todas son iguales...

—Depende del precio. Según el precio, el trato.

—No, no, en casa de doña Tomasa no me trataban según el precio, sino como de la casa...

—Claro, no era para ti una casa de trato. Es que iban tras de otra cosa.

—Con buen fin, Celedonio, con buen fin. Porque empiezo a darme cuenta de que Rosita estaba enamorada de mí, sí, como lo oyes; enamorada de mí desinteresadamente. Pero yo... ¿por qué salí?

—Preveo, Emeterio, que vas a volver a casa de Rosita...

—No, ya no, no puede ser. ¿Cómo explico mi vuelta?, ¿qué dirán los otros huéspedes?, ¿qué pensará Martínez?

—Martínez no piensa, te lo aseguro; se prepara a explicar psicología...

Algún tiempo después contaba Emeterio:
—¿Sabes, Celedonio, con quién me encontré ayer?
—Con Rosita, ¡claro! ¿Iba sola?
—No, no iba sola; iba con Martínez, ya su marido; pero además, ella, Rosita, su persona, no iba sola...
—No te entiendo; como no quieras decir que iba acompañada, o sea en estado calamocano...
—No, iba en lo que llaman estado interesante. Ella misma se apresuró a decírmelo, y con qué mirada de triunfo, con qué pestañeo de arriba abajo: «Estoy, ya lo ve usted, don Emeterio, en estado interesante». Y me quedé pensando cuál será el interés de ese estado.
—¡Claro!, observación muy natural de parte de un empleado de banca. En cambio, el otro, Martínez, sería curioso saber qué piensa de ese estado en relación con la psicología, lógica y ética. Y bien, ¿qué efecto te causó todo ello?
—¡Si vieras...! Rosita ha ganado con el cambio...
—¿Con qué cambio?
—Con el cambio de estado; se ha redondeado, se ha amatronado... Si vieras con qué majestuosa solemnidad caminaba apoyándose en el brazo de Martínez...
—Y tú, de seguro, te quedaste pensando: «¿Por qué no caí?, ¿por qué no me tiré... de cabeza al matrimonio?». Y te arrepentiste de tu huida, ¿no es así?
—Algo hay de eso, sí, algo hay de eso...
—¿Y Martínez?

—Martínez me miraba con una sonrisa seria y como queriendo decirme: «¿No la quisiste?, ¡es ya mía!».

—Y suyo el crío...

—O cría. Porque si hubiera sido mío, saldría crío, pero... ¿de Martínez?

—Me parece que sientes ya celos de Martínez...

—¡Qué torpe anduve!

—¿Y doña Tomasa?

—¿Doña Tomasa? Ah, sí; doña Tomasa se murió, y eso parece ser que le movió a Rosita a casarse para poder seguir teniendo la casa con respeto...

—¿Y así Martínez pasó de pupilo a pupilero?

—Cabal, pero siguiendo dando sus lecciones particulares y haciendo sus oposiciones. Y ahora, parece providencial, ha ganado por fin cátedra y se va a ella con su mujer y con lo que ésta lleva consigo...

—¡Lo que te has perdido, Emeterio!

—¡Y lo que se ha perdido Rosita!

—¡Y lo que ha ganado Martínez!

—¡Pse!, ¡una cátedra de tres al cuarto! Pero yo ya no tendré hogar, viviré como un buey suelto..., lamiéndome... ¡Qué vida, Celedonio, qué vida!

—¡Pero si lo que sobran son mujeres...!

—¡Como Rosita, no; como Rosita, no! ¡Y lo que ha ganado con el cambio!

—Una cátedra también.

—Te digo, Celedonio, que ya no soy hombre.

Y, en efecto, toda la vida íntima, toda la oculta intimidad del pobre Emeterio Alfonso –Alfonso era apellido, por lo que Celedonio le aconsejaba que se firmase

Emeterio de Alfonso, con *de* de nobleza–, toda su vida íntima se iba sumiendo en una sima de mortal indiferencia. Ya ni le hacían gracia los chistes ni gozaba en descifrar charadas, jeroglíficos y logogrifos; ya la vida no tenía encantos para él. Dormía, pero su corazón velaba, como dice místicamente el Cantar de los Cantares, y la vela de su corazón era el ensueño. Dormía su cabeza, pero su corazón soñaba. En la oficina hacía cuentas con la cabeza dormida mientras su corazón soñaba con Rosita, y con Rosita en estado interesante. Así tenía que calcular intereses ajenos. Y sus jefes le tuvieron que llamar la atención sobre ciertas equivocaciones. Una vez le llamó don Hilarión y le dijo:

—Quería hablar con usted, señor Alfonso.

—Diga, don Hilarión.

—No es que no estemos satisfechos de sus servicios, señor Alfonso, no. Es usted un empleado modelo, asiduo, laborioso, discreto. Y además es usted cliente del banco. Aquí es donde deposita usted sus ahorros. Y por cierto que se va usted fraguando una fortunilla regular. Pero me permitirá usted, señor Alfonso, una pregunta, no de superior jerárquico, sino casi de padre...

—No puedo olvidar, don Hilarión, que fue usted íntimo amigo de mi padre y que a usted más que a nadie debo este empleíllo que me permite ahorrar los intereses de lo que me dejó aquél; usted, pues, tiene derecho a preguntarme lo que guste...

—¿Para qué quiere usted ahorrar así y hacerse rico?

Emeterio se quedó atolondrado como ante un golpe que no se sabe de dónde viene ni adónde va. ¿Qué se proponía don Hilarión con esa pregunta?

—Pues..., pues... no sé —balbució.

—¿Es ahorrar por ahorrar? ¿Hacerse rico para ser rico?

—No sé, don Hilarión, no sé..., me entusiasma el ahorro...

—¿Pero ahorrar un soltero y... sin obligaciones?

—¿Obligaciones? —y Emeterio se alarmó—. No, no tengo obligaciones; le juro, don Hilarión, que no las tengo...

—Pues entonces no me explico...

—¿Qué es lo que no se explica usted, don Hilarión?, dígamelo claro.

—Sus frecuentes distracciones, las equivocaciones que de algún tiempo acá se le escapan en sus cuentas. Y ahora, un consejo.

—El que usted me dé, don Hilarión.

—Lo que a usted le conviene, señor Alfonso, para curarse de esas distracciones es... ¡casarse! Cásese usted, señor Alfonso, cásese usted. Nos dan mejor rendimiento los casados.

—¿Pero casarme yo, don Hilarión?, ¿yo? ¿Emeterio Alfonso? ¿Casarme yo? ¿Y con quién?

—¡Piénselo bien en vez de distraerse tanto, y cásese, señor Alfonso, cásese!

Y entró Emeterio en una vida imposible, de profunda soledad interior. Huía de la tertulia tradicional y se iba a cafés apartados, de los arrabales, donde nadie le conocía ni él a nadie. Y observaba con tristeza, sobre todo los domingos, aquellas familias de artesanos y de pequeños burgueses —acaso alguno catedrático de psicología– que iban, el matrimonio con sus hijos, a tomar café con media tostada oyendo el concierto popular de piano. Y cuando veía que la madre limpiaba los mocos a uno de sus pequeñuelos, se acordaba de los cuidados maternales, sí, maternales, que solía tener con él la Rosita en casa de doña Tomasa. Y se iba con el pensamiento a la oscura y apartada ciudad provinciana en que Rosita, su Rosita, distraía las distracciones de Martínez para que éste pudiese enseñar psicología, lógica y ética a los hijos de otros y de otras. Y cuando al volverse a su... casa, no, no casa, sino mesón o parador, al atravesar alguna de aquellas sórdidas callejas, una voz que salía del embozo de un mantón le decía: «¡Oye, rico!», decíase él a sí mismo mientras huía: «¡Rico!, ¿y para qué rico? Tiene razón don Hilarión, ¿para qué rico? ¿Para qué los intereses de mis ahorros si no he de ayudar a un estado interesante? ¿Para comprar papel del Estado? Pero es que este Estado no me es interesante, no me interesa... ¿Por qué huí, Dios mío?, ¿por qué no me dejé caer?, ¿por qué no me tiré?, ¡y de cabeza!».

Aquello no era ya vivir. Y dio en corretear las calles, en bañarse en muchedumbre suelta, en ir imaginándose la vida interior de las masas con quienes cruzaba, en desnudarles no sólo el cuerpo, sino el alma con la mirada. «Si supiera yo –se decía– la psicología que sabe Martínez... Ese Martínez a quien le he casado yo con Rosita. Porque no cabe duda que he sido yo, yo, quien les ha casado... Mas, en fin, que sean felices y que gocen de buena salud, que es lo que importa... ¿Se acordarán de mí? ¿Y cuándo?»

Dio primero en seguir a las tobilleras, luego a los que las seguían tras los tobillos, después en oír los chicoleos y las respuestas de ellas, y por último en perseguir parejas. ¡Lo que gozaba viéndolas bien aparejadas! «Vaya –se decía–, a ésta ya la dejó el novio... o lo que sea..., ya va sola, pero pronto vendrá otro... Éstos me parece que han cambiado con aquellos otros; ¿es una nueva combinación...?, ¿cuántas combinaciones binarias caben entre cuatro términos...? Se me empiezan a olvidar las matemáticas...»

–Pero hombre –le dijo un día Celedonio al encontrarle en uno de aquellos callejeos investigativos o en una de aquellas investigaciones callejeras–, pero hombre, ¿sabes que empiezas a hacerte popular entre novios y novias?
 –¿Cómo así?
 –Que ya te han conocido el flaco; se divierten mucho con él y te llaman el inspector de noviazgos. Y todos dicen: ¡Pobre hombre!
 –Pues, mira, sí, me tira esto, no puedo negártelo. Sufro cuando veo que algún mocito deja a su mocita por otra, y cuando éstas tienen que cambiar de mozo y cuando una que lo merece no encuentra quien le diga: ¡Por ahí te pudras!, y aunque se ponga papel no le llega inquilino.
 –O huésped.
 –Como quieras. Sufro mucho, y si no fuera por lo que es, pondría agencia de matrimonios o me haría casamentero.
 –U otra cosa...
 –Lo mismo me da. Y haciéndolo como yo, por amor al prójimo, por caridad, por humanidad, no creo que ello sea desdoroso...

—¡Qué ha de serlo, Emeterio, qué ha de serlo! Recuerda que Don Quijote, caballero que es el dechado y colmo del desinterés, dice que «no es así como se quiera el oficio de alcahuete, que es oficio de discretos y necesarísimo en la república bien ordenada, y que no lo debía ejercer sino gente muy bien nacida, y aun había de haber veedor y examinador de los tales...», y todo lo demás que dice al respecto, que ya no me acuerdo...

—Pues, sí, sí, Celedonio, me tira eso, pero por el arte; el arte por el arte, por puro desinterés, y ni tampoco para que la república esté bien ordenada, sino para que ellos gocen mejor y yo goce viéndolos y sintiéndolos gozosos.

—Y es natural que Don Quijote sintiese debilidad por los alcahuetes y por otras gentes. Recuerda qué caritativas, qué maternales estuvieron con él las mozas que llaman del partido, y la caritativa Maritornes, que sabía echar a rodar la honestidad cuando se trataba de aliviar la flaqueza del prójimo. ¿O es que crees que Don Quijote es como esos señores de la Real Academia de la Lengua Española que dicen que la ramera es «mujer que hace ganancia de su cuerpo, entregada vilmente al vicio de la lascivia»? Porque la ganancia es una cosa y la lascivia es otra. Y las hay que ni por ganancia ni por lascivia, sino por divertirse.

—Sí, por deporte.

—Como tú, por deporte y no por ganancia ni por lascivia, ¿no es así?, a eso de seguir parejas...

—Te juro que...

—Sí, la cuestión es pasar el rato, sin adquirir compromisos serios. Y tú siempre has huido de los compromisos. Es más divertido comprometer a los demás.

—Y mira, me da una pena cuando veo a una muchacha que lo vale cambiar de novios y no sujetar a ninguno...

—Eres un artista, Emeterio. ¿No has sentido nunca vocación al arte?

—Sí, en un tiempo me dio por modelar...

—Ah, sí, te gustaba manosear el barro...

—Algo había de eso...

—Divino oficio el de alfarero, que así dicen que hizo Dios al primer hombre, como a un puchero...

—Pues a mí, Celedonio, me gustaría más el de restaurar ánforas antiguas...

—¿Apañacuencos? ¿Qué, con lañas?

—Hombre, no, eso de la laña es una grosería. Pero figúrate tú coger un ánfora...

—Llámale botijo, Emeterio.

—¡Bueno, coger un botijo hecho cachos y dejarlo como nuevo...!

—Te repito que eres todo un artista, Emeterio. Deberías poner una cacharrería.

—Y di, Celedonio, cuando Dios le rompió una costilla a Adán para hacer con ella a Eva, ¿se la compuso luego?

—Me figuro que sí. ¡Después de manosearla, claro!

—En fin, Celedonio, que no lo puedo remediar, que me tira el oficio ese que tan necesario le parece a Don Quijote, que no es tampoco por gusto de manoseo...

—No, tú te dedicas al ojeo...

—Es más espiritual.

—Así parece.

—Y alguna vez, pensando en mi soledad, se me ha ocurrido que yo debía haberme hecho cura...

—¿Para qué?
—Para confesar...
—¡Ah, sí! ¿Para que se desnudasen el alma ante ti...?
—Me acuerdo cuando iba yo a confesarme siendo chico, y el cura, entre sorbo y sorbo de rapé, me preguntaba: «Sin mentir, sin mentir, ¿cuántas, cuántas veces?». Pero yo no podía desnudarle nada. Ni siquiera le entendía.
—Y ahora ¿entiendes más?
—Mira, Celedonio, lo que ahora me pasa es que...
—Es que te aburres soberanamente...
—Algo peor, algo peor...
—Claro, viviendo en esa soledad...
—En la soledad de mis recuerdos de la casa de huéspedes de doña Tomasa...
—¡Siempre Rosita!
—Siempre, sí, siempre Rosita...
Y se separaron.

Una de aquellas observaciones en excursiones furtivas le dejó una impresión profunda. Y fue que al meterse un anochecer en un café de barrio, a poco de entrar en él entró una moza, larga de uñas, de pestañas —¡como Rosita!—; aquéllas, las uñas, teñidas de rojo, y negras las pestañas bajo las cejas afeitadas y luego teñidas de negro, pestañas como uñas de los párpados henchidos y amoratados, en acorde con los labios de su boca, henchidos y amoratados también. «¡Pestañuda!», se dijo Emeterio. Y se acordó de lo que le había oído decir a Celedonio —que era erudito— de cierta planta carnívora, la drosera, que con una especie de pestañas apresa a pobres insectos atraídos por su flor y les chupa el jugo. Entró la pestañuda contoneándose, hurgó el recinto con sus ojos, resbaló su mirada por Emeterio y echó un pestañazo a un vejete calvo que sorbía poco a poco su leche con café, después de haberse engullido media tostada. Le lanzó las uñas de sus párpados en guiñada, a la vez que se humedecía los hinchados labios con la lengua. Al vejete se le encendió la calva, poniéndosele del color de las uñas de los dedos de la moza, y mientras ésta se salivaba los amoratados labios él se tragaba en seco –¡así!– la saliva. Ladeó ella la cabeza y alzándose como por resorte, se salió. Y tras ella, rascándose la nariz como por disimulo, y a rastras de las pestañas de la pestañuda, él, el pobre del café con leche. Y tras de los dos, todo transido, Emeterio, que se decía: «¿Tendrá razón don Hilarión?».

Y así corrían los años y Emeterio vivía como una sombra errante y ahorrativa, como un hongo, sin porvenir y ya casi sin pasado. Porque iba perdiendo la memoria de éste. Ya no frecuentaba a Celedonio y casi le huía. Sobre todo desde que Celedonio se había casado con la criada.

–¿Pero qué es de ti, Emeterio? –le preguntó aquél una vez que se encontraron–, ¿qué es de ti?

–Mira, chico, no lo sé. Ya no sé quién soy.

–¿Y antes lo sabías?

–Ya no sé ni si soy... Vivo...

–Y te enriqueces, me dicen...

–¿Enriquecerme?

—Y de Rosita, ¿qué es? Porque él, Martínez, produjo ya lo más que pudo producir...
—¿Qué, más estados interesantes? ¿Más hijos?
—No, sino una vacante en el escalafón...
—¿Qué? ¿Se murió?
—Sí, se murió, dejando a Rosita viuda y con una hija. Y tú también, Emeterio, producirás algún día una vacante... en el Banco.
—¡Calla, calla, no hables de eso!

Y Emeterio huyó, pensando en la vacante. Y ya toda su preocupación, bajo la sombra nebulosa en que se le iban fundiendo sus ajados recuerdos, era la vacante. Y para distraerse, para olvidar que envejecía, para no pensar en que un día habría de jubilarse –¡jubilado y buey suelto, buey jubilado!–, recorría las calles buscando, con mirada ansiosa, alguna imagen a que agarrarse. «Jubilado y buey –se decía–, ¡vaya un júbilo! ¿Y qué jubilación le habrá quedado, aparte de su hija, a Rosita?»

Hasta que un día, de pronto, como en súbita revelación providencial, el corazón se le desveló, le dio un vuelco y sintió que renacía el pasado que pudo haber sido y no fue, que renacía su ex futuro. ¿Quién era aquella aparición maravillosa que llenó la calle como un aroma de selva virgen? ¿Quién era aquella mocita arrogante, de llamativa mirada, que iba rejuveneciendo a los que la miraban? Y se puso a seguirla. Y ella, que se sintió seguida, pisó más fuerte y alguna vez volvió la cabeza, con en los ojos una mirada toda sonrisa, jubilosa sonrisa de lástima al ver al que la miraba. «Esta mirada –se dijo Emeterio– me llega de otro mundo..., sí, me parece como si me llegara de mi viejo mundo, de aquel donde me aguarda el calendario de antaño.»

Pero ya tenía una ocupación, y era seguir a la aparición misteriosa, averiguar dónde vivía, quién era y... ¡Ay, aquella terrible vacante por jubilación o por...! ¡Y aquellas distracciones al calcular los intereses ajenos!

A los pocos días, en sus correrías por los barrios en que la aparición se le apareció, vio a ésta acompañada de un mocito. Y se le representó, no sabía bien por qué, Martínez. Y sintió celos. «Vaya, me voy volviendo chocho –se dijo–. ¡Esa jubilación en puerta...! ¡Esa vacante!»

Pocos días después se encontró con Celedonio.

—¿Sabes, Celedonio, a quién he encontrado ayer?

—Claro está que lo sé: ¡a Rosita!

—¿Y cómo lo has sabido?

—Basta verte la mirada. Porque te encuentro rejuvenecido, Emeterio.

—¿De veras? Pues así es.

—¿Y cómo la encontraste?

—Pues mira, hace ya días, en uno de mis vagabundeos callejeros, di con una aparición divina, te digo, Celedonio, que divina..., con una mocita toda llama en los ojos, toda vida, toda...

—Deja el Cantar de los Cantares, y al caso.

—Y di en seguirla. Sin sospechar, ¡claro!, quién era. Aunque acaso me lo decía el corazón, una corazonada me lo decía, sin que se lo entendiera bien, ese..., ese...

—Sí, lo que Martínez, su padre, llamaría el subconsciente...

—Pues sí, el subcociente ese...

—Subconsciente se dice...

—Pues el subcociente me lo decía, pero yo..., sin entenderle. Y la vi con un mocito, su novio, y sentí celos...

—Sí, de Martínez.

—Y hasta me propuse desbancar al mocito...

—A quien van a desbancarte es a ti, Emeterio.

—No me recuerdes la jubilación, que ahora todo mi corazón es júbilo. Claro que yo me decía: «Mira, Emeterio, a ver si ahora, a tus cincuenta pasados, vas a caer con una chiquilla que puede muy bien ser tu hija... Mira, Emeterio...».

—Bien, ¿y en qué se quedó ello?

—En que ayer, al llegar, siguiendo a esa chiquilla divina, a la casa en que vive, me encuentro con que sale de ella Rosita en persona, ¡su madre! ¡Y si vieras cómo está! ¡Apenas si han pasado por ella los años!

—No, han pasado por ti..., con sus intereses.

—¡Una jamona de cuarenta y seis y con chorreras! Sí, una señora de incierta edad... Y en cuanto me vio: «¡Dichosos los ojos, don Emeterio...!». «¡Y tan dichosos, Rosita, tan dichosos!», le respondí. «¿Pero qué ojos?», me preguntó. Y nos pusimos a hablar, hasta que me invitó a subir a su casa...

—Y subiste y te presentó a su hija...

—¡Cabal!

—Siempre fue Rosita, lo sabes mejor que yo, mujer de táctica y maniobrera.

—¿Pero tú crees?

—Lo que yo creo es que estaba al tanto de tus seguimientos tras de su hija, y que ya que tú le escapaste, piensa cazarte o pescarte, y con tus intereses, para su hija...

—¡Verás, verás! Me presentó, en efecto, a su hija, a Clotilde, pero ésta se nos fue en seguida, pretextando no sé qué, lo que me pareció que no le hacía mucha gracia a su madre...

—Claro, se iba tras de su novio...

—Y nos quedamos solos...

—Ahora empieza lo interesante.

—Y me contó su vida y su viudedad. Verás, a ver si recuerdo: «Desde que usted se nos escapó...», empezó diciéndome. Y yo: «¿Es... caparme?». Y ella: «Sí, desde que se nos es... capó, yo quedé inconsolable, porque aquello, reconózcalo usted, don Emeterio, no estuvo bien, no, no estuvo ni medio bien... Y al fin tuve que casarme. ¡Qué remedio!». «¿Y su marido?», le dije. «¿Quién, Martínez? ¡Pobrecillo! Un pobre hombre... pobre, que es lo peor...»

—Y ella, Emeterio, pensaba en tanto que un pobre hombre rico, como tú, es lo mejor...

—No lo sé. Y empezó a hacerme pucheros...

—Sí, pensando en el suyo y de su hija...

—Y me dijo de ésta que es una alhaja, una joya...

—Sin montura...

—¿Qué quieres decir?

—Nada, que ahora trata de que la montes o engastes tú...

—¡Pero qué cosas se te ocurren, Celedonio!

—¡A ella, a ella!

—Creo que te equivocas al suponerla...

—No, si yo no supongo otra cosa sino que trata de colocar a su hija, de colocártela...

—Y si así fuese, ¿qué?
—Que ya has caído, Emeterio, que ya has caído, que ya te ha cazado o pescado.
—¿Y qué?
—Nada, que ahora puedes jubilarte.
—Y al acabar la visita me dijo: «Y ahora vuelva cuando quiera, don Emeterio, ésta es su casa».
—Y lo será.
—Depende de Clotilde.
—No, depende de Rosita.

Y, en efecto, empezó en tanto entre Rosita y su hija Clotilde una especie de duelo.
—Mira, hija mía, es preciso que lo pienses bien y te dejes de chiquellerías. Ese tu novio, ese Paquito, no me parece un partido, y, en cambio, don Emeterio lo es...
—¿Partido?
—Sí, partido. Claro es que te lleva bastantes años, que podría muy bien, por su edad, ser tu padre; pero aún está de buen ver y, sobre todo, me he informado bien de ello, anda muy bien de caja...
—Y claro, como no pudiste, siendo tú como yo ahora, moza, encajártelo, me lo quieres encajar ahora... *¡Pa'chasco!* ¿Vejestorios a mí? Y dime, ¿por qué le dejaste escapar?
—Como siempre ha sido muy ahorrativo, tenía la preocupación de la salud. Y yo no sé qué se le antojó si se casaba conmigo...
—Pues ahora, mamá, peor, porque a sus años y a los míos eso de la salud..., que ya te lo entiendo..., debe preocuparle más.

—Pues yo creo que no, que ahora ya no le preocupa la salud, sino todo lo contrario, y que debes aprovecharte de ello.

—Pues mira, mamá, yo soy joven, me siento joven y no quiero sacrificarme a hacer de enfermera para quedarme luego con un capitalito. No, no, yo quiero gozar de mi vida...

—¡Qué boba eres, hija mía! Tú no sabes lo de la cadena.

—¿Y qué es eso?

—Pues mira: tú te casas con este señor, que te lleva..., bien, lo que te lleve..., le cuidas...

—Cuido de su salud, ¿eh?

—Pero no demasiado, no es menester que te sacrifiques. Lo primero es cumplir. Cumples...

—¿Y él?

—Él cumple, y te quedas viuda, hecha ya una matrona, en buena edad todavía...

—Como tú ahora, ¿no es eso?

—Sí, como yo; sólo que yo no tengo sobre qué caerme muerta, mientras que tú, si te casas con don Emeterio, te quedarás viuda en otras condiciones...

—Sí, y teniendo sobre quien caerme viva...

—Ahí está el toque. Porque entonces, viuda, rica y además de buen ver, porque tú vas a mí y has de ganar con los años..., viuda y rica puedes comprar al Paquito que más te guste.

—El cual, a su vez, me hereda los cuartos y se busca luego, don Emeterio ya él, una Clotilde...

—Y así sigue, y ésa es la cadena, hija mía.

—Pues yo, mamá, no me ato con ella.

—¿Es decir, que te emperras, o mejor te engatas con tu michino? ¿Y «contigo pan y cebolla»? Piénsalo bien, hija, piénsalo.

—Lo tengo pensado y repensado. ¡Con don Emeterio, no! Ya sabré ganarme mi vida, si es preciso; nada de su caja.

—Mira, hija, que él está entusiasmado, chocho, chochito el pobre hombre, que es capaz de hacer por ti toda clase de locuras; mira que...

—Lo dicho, dicho, mamá.

—Bueno, ¿y ahora, qué le digo yo cuando vuelva? ¿Qué hago con él?

—Pues volver a encandilarlo.

—¡Pero, hija...!

—Usted me entiende, madre.

—Demasiado, hija.

Y volvió, ¡claro está!, don Emeterio a casa de Rosita.

—Mire, don Emeterio, mi hija no quiere oír hablar de usted...

—¿Ni hablar?

—Vamos, sí, que no quiere que se le miente lo del casorio...

—No, no, nada de querer forzarla, Rosita, nada de eso... Pero yo..., me parece rejuvenecer..., me parezco otro..., soy capaz de...

—¿De dotarla?

—Soy capaz de..., me sería tan grato, a mi edad..., siempre tan solo..., tener un hogar..., criar una familia..., la soltería ya me pesa..., me persiguen la jubilación y la vacante...

—La verdad, Emeterio —y a la vez que le suprimió, ¡por primera vez!, el *don,* se le arrimó más—, me extrañaba eso de que usted se dedicase a ahorrar así una fortuna, no teniendo familia..., no lo comprendía...

—Eso dice también don Hilarión.

—Pero, dígame, Emeterio —y con astuta táctica se le fue arrimando más—, dígame, ¿se le han curado aquellas aprensiones de salud de nuestros buenos tiempos?

Emeterio no sabía ya si soñaba o estaba despierto; se creía trasportado, a redrotiempo, a aquellos tiempos soñados de hacía veintitantos años; todo lo posterior se había desvanecido de su memoria, y hasta la aparición de Clotilde se le desvanecía. Sentía mareo.

—¿Se le han curado aquellas aprensiones de salud, Emeterio?

—Ahora, Rosita, ahora me siento capaz de todo. ¡Y no temo ni... a la vacante! ¿Por qué dejé, Dios mío, escapar aquella ocasión?

—¿Pero no estoy yo aquí, Emeterio?

—¿Tú, tú, Rosita? ¿Tú?

—Sí, yo..., yo...

—Pero...

—Vamos, Emeterio, ¿qué te parezco?

Y fue y se le sentó en las rodillas. Y Emeterio empezó a temblar de júbilo, no de jubilación. Y le echó los brazos por el talle matronal.

—¡Lo que pesas, chiquilla!

—Sí, hay donde agarrar, Emeterio.

—¡Una jamona con chorreras!

—Si cuando nos conocimos hubiera yo sabido lo que sé ahora...

—¡Si lo hubiera sabido yo, Rosita, si lo hubiera sabido yo...!

—¡Ay, Emeterio, Emeterio –y le acariciaba pasándole la palma de la mano por la nariz–, qué tontos éramos entonces...!

—Tú, no tanto, el tonto... yo.

—Cuando mi madre me azuzaba a que te encandilase, y tú tan...

—¡Tan rana!

—Pero ahora...

—¿Ahora qué?

—¿No quieres que reparemos lo pasado?

—¡Pero esto es toda una declaración en regla!

—¡Cabal! Pero no como la del Tenorio, aquel panoli, porque ni es en verso, ni ésta es apartada orilla, ni aquí brilla la luna, ni...

—¿Pero y tu hija, Rosita? ¿Y Clotilde?

—Esto va a ser a su salud...

—¡Y a la tuya, Rosita!

—¡Y a la tuya, Emeterio!

—¡Claro que a la mía!

Y así fue.

Y luego ella, la taimada, le decía tácticamente:

—Mira, rico, te juro que cuando estaba haciendo a Clotilde, en lo que más pensaba era en ti, en ti... Tuve tales antojos de embarazada...

—Y yo te juro que cuando vine acá, tras de Clotilde, venía, aun sin saberlo, tras de ti, tras de ti, Rosita, tras de ti... Era la querencia... o, como creo que decía Martínez, el subcociente...

—¿Y eso con qué se come?, porque nunca le oí hablar de tal cosa...

—No, no es cosa de comer... Aunque para comer y comer bien, tenemos más que bastante con mi fortuna...

—Sí, ¿para comer... los cuatro?

—¿Qué cuatro, Rosita?

—Pues, tú..., yo..., Clotilde...

—Son tres.

—¡Y... Paquito!

—¿Paquito también? ¡Sea! ¡A la memoria de Martínez!

Y fue tal la alegría de Rosita, señora ya de incierta edad, que se echó a llorar —¿histerismo?—, y Emeterio se abalanzó, con besos en los ojos, a chuparle las lágrimas y relamerse con su dulce amargura. Que no eran, no, lágrimas de cocodrilo.

Y quedó acordado, y sellado entre besos y abrazos, que se casarían los cuatro: Rosita con Emeterio, Clotilde con Paquito, y que vivirían juntos, en doble familia, y que Emeterio dotaría a Clotilde.

—No esperaba menos de ti, Emeterio, y ya verás ahora los años que has de vivir...

—Sí, y con júbilo, aunque jubilado. Y no espero dejarte vacante.

Y se casaron el mismo día, la madre con Emeterio y la hija con Paquito. Y se fueron a vivir juntos los dos matrimonios. Y se jubiló Emeterio. Y fue una doble luna de miel, la una menguante y la otra creciente.

—La nuestra, Rosita —decía Emeterio, en un ataque de melancolía retrospectiva—, no es de miel, sino de cera...

—Bueno, cállate ahora y no pienses tonterías.

—¡Si no hubiese sido tan tonto hace..., los años que haga...!

—No seas grosero, Emeterio, y menos ahora.

—Ahora que eres una señora de cierta edad...

—¿Te parezco...?

—Mejor que de moza, ¡creémelo!

—¿Pues entonces?

—¡Ay, Rosita, Rosita de Sarón, estás como nueva...!

—Y dime, Emeterio, ¿se te ha pasado aquello de las charadas...? Porque me daba pena verte con aquello de: «mi primera..., mi segunda..., mi tercera...».

—¡Cállate, mi todo!

Y mientras la apretaba a su seno, se iba diciendo con los ojos cerrados: Rota..., tata..., rorro..., tarro..., sita..., sí...

Y luego:

—Pero dime, tu primer marido, Martínez, el padre de Clotilde...

—¿Ahora con celos retrospectivos?

—¡Es el subcociente!

—Pues él te estaba muy agradecido, y hasta te admiraba.

—¿Admirarme a mí?

—A ti, sí, a ti. Bien es verdad que yo le hice saber todo lo correcto que fuiste conmigo, y cómo te portaste como todo un caballero...

—¡El caballero fue él, Martínez!

—Y mira, ¿ves este medallón? Aquí llevaba un retrato de Martínez; pero por debajo, tapado por el de él, el tuyo..., y ahora, ¿ves?

—Y ahora, debajo del mío estará el del otro, ¿no?

—¿Cuál? ¿El del muerto? ¡Quia! ¡No soy tan romántica!

—Pues yo tengo que enseñarte el calendario que tenía en mi cuarto cuando decidí aquella escapatoria. No arranqué la hoja de aquel día, y así lo guardo.

—¿Y ahora piensas ir arrancando sus hojas?

—¿Para qué? ¿Para descifrar las charadas del resto de aquel año fatídico? No, mi todo, no.

—¡Ay, rico mío!

—Rico, ¿eh? ¿Rico? Yo soy un pobre hombre, pero no un pobre hombre... pobre.

—¿Y quién dice eso?

—Me lo digo yo.

Apenas pasada la luna de miel, encontrose un día Emeterio con Celedonio.

—Te encuentro, Emeterio, rejuvenecido. Se ve que te prueba a la salud el matrimonio.

—¡Y tanto, Celedonio, tanto! Esa Rosita es un remedio..., ¡parece imposible! ¡Claro, tantos años viuda...!

—Todo es cuestión de economía, Emeterio; claro que no política, sino de máximos y mínimos. Hay que saber ahorrarse. Cuidado, pues, con que con tu Rosita te derroches y te las líes... Además, esa convivencia con el matrimonio joven... esa Clotilde..., ese Paquito...

—¿Quién? ¿Mi yernastro? Es un pobre chico que se ha casado por libertinaje.

—¿Por libertinaje?

—Sí, figúrate que entre sus librejos le encontré uno titulado: *Manual del perfecto amante*. ¡Manual! ¡Figúrate, manual!

—Sí, estaría mejor prontuario, o epítome, o catecismo...

—¡O cartilla! Pero ¡manual! Te digo que es un tití, un mico...

—Sí, un cuadrumano, quieres decir. Pues ésos son los peligrosos. Recuerdo una vez que iba yo de viaje con una parejita de recién casados que no hacían sino aprovechar los túneles, y como se propasaran en eso de arrullarse y arrumacarse a mis narices, les llamé discretamente la atención, ¿y sabes con qué me salió la mocosa? Pues con un: «¿Qué? ¿Le damos dentera, abuelito?».

—Y tú ¿qué le dijiste?

—¿Yo? Yo le dije: «¿Dentera? ¿Dentera a mí? Hace años ya, mocita, que gasto dentadura postiza, y de noche la pongo a remojo en un vaso de agua aséptica». Y se calló. Conque... ¡cuida de tu salud!

—Quienes me la cuidan son ellos, los tres. Mira, hace poco tuve que guardar cama con un fuerte catarro, ¡y si vieras con qué mimo me traía los ponches calientes Clotildita! ¡Es un encanto! Y luego, ¿sabes? Clotildita tiene una habilidad que parece ha heredado de doña Tomasa, su abuela materna, mi patrona que fue, y es que silba que ni un canario. Doña Tomasa también silbaba, sobre todo cuando se ponía a freír huevos, pero su nieta no la llegó a conocer (se murió antes de nacer ésta), y como Rosita no ha sabido jamás silbar, que yo sepa, ¿de dónde adquirió Clotildita esa habilidad con que silba las últimas cancioncillas de las zarzuelas? ¡Misterios de la naturaleza femenina!

—Eso, Emeterio, debe de tener que ver con la serpiente de la caída o mejor tirada del paraíso...

—Y lo curioso, Celedonio, es que fuera de eso usa siempre palabras de simple sentido, y no tiene recámara alguna...

—Que te crees tú eso, Emeterio...

—Sí; es, aparte lo físico, completamente Martínez.

—Sí, su metafísica es paternal, martineziana. Pero, ¿y no hay entre las dos parejas competencia?

—¡Quia! Y los sábados vamos los cuatro al teatro, y nada de drama. A Rosita y a Clotilde les gusta lo de reír: comedias, astracanadas, y a nosotros, a mí y a Paquito, nos gusta que se rían. Y no les asusta, ¡claro!, que el chiste sea picante, y como yo no veo mal en ello...

—Al contrario, Emeterio —y al decirlo se puso Celedonio más serio que un catedrático de estética—. Al contrario; la risa lo purifica todo. No hay chiste inmoral, porque si es inmoral no es chistoso; sólo es inmoral el vicio triste, y la virtud triste también. La risa está indicada para los estreñidos, los misantrópicos; es mejor que el agua de Carabaña. Es la virtud purgativa del arte, la catarsis, que dijo Aristóteles, o Aristófanes o quien lo dijera. ¿Y he dicho algo, Emeterio?

—Sí, Celedonio, sí; hay que cultivar el sentimiento cómico de la vida, diga lo que quiera ese Unamuno.

—Sí, Emeterio, y hay que cultivar hasta la pornografía metafísica, que no es, ¡claro está!, la metafísica pornográfica...

—Pero ¡si toda metafísica es pornográfica, Celedonio!

—Yo, por mi parte, Emeterio, he empezado ya a escribir una disertación apologético-exegético-místico-metafísica sobre el rejo de Rahab, la golfa que figura en el abolengo de san José bendito. Y te hago gracia de las citas bíblicas, con eso de capítulo y versillo, porque yo no soy, gracias a Dios, Unamuno.

—Pues mira, Celedonio, esto que me dices de estar escribiendo esa disertación me recuerda que hablando con Rosita de Martínez me ha dicho que se puso éste a escribir una novela en que, cambiados los nombres, salíamos ella, Rosita, y yo y la casa de huéspedes de doña Tomasa, pero que ella, Rosita, no se la dejó publicar. «Que la escribiera, bien (me decía), si así le divertía, pero ¿publicarla?» «¿Y por qué no (le digo yo), si así se han de divertir otros leyéndola?» ¿No te parece?

—Tienes razón en eso, Emeterio, mucha razón. Y, sobre todo, cultivemos, como decías muy bien antes, el sentimiento cómico de la vida, sin pensar en vacantes. Porque ya sabes aquel viejo y acreditado aforismo metafísico: ¡de este mundo sacarás lo que metas, y no más!

Y se separaron corroborados en su amor a la vida que pasa, y mejores, más optimistas que antes. Si es que sabemos qué sea eso de optimismo. Y qué sea lo de júbilo y tristeza, y lo de metafísica y lo de pornografía. ¡Camelos de críticos!

Un día Rosita se le acercó con cierta misteriosa sonrisa a Emeterio, y abrazándole le dijo al oído:
—¿Sabes, rico, una noticia? ¿Un acertijo?
—¿Qué?
—Adivina, adivinaja, ¿quién puso el huevo en la paja?
—¿Y quién puso la paja en el huevo, Rosita?

—Bueno, no te me vengas con mandangas, y contesta. ¿Sabes el acertijo? ¿Lo sabes? Sí, o no, como Cristo nos enseña...

—No, ¡sopitas!, ¡sopitas!

—Pues que vamos a tener un nietito...

—¿Nietito? ¡Tuyo! ¡Mío será nietastrito!

—Bueno, no seas roñoso.

—No, no, a mí me gusta propiedad en la lengua. El hijo de la hijastra, nietastrito.

—Y el hijastro de la hija, ¿cómo?

—Tienes razón, Rosita... Y luego dirán que es rica esta pobre lengua nuestra castellana..., rica lengua..., rica lengua... ¡Sí, las mollejas!

—¡Qué cosas se te han ocurrido siempre, Emeterio!...

—Y a ti, ¡qué cosas te han ocurrido!

Y Emeterio se quedó pensando, al ver a Paquito: «¿Y éste, el hijo político de mi mujer, qué es mío? ¿Hijastro político? ¿O hijo politicastro? ¿O hijastro politicastro? ¡Qué lío!».

Y vino al mundo el nietastrito, y Emeterio se volvió aún más chocho.

—No sabes el cariño que le voy tomando –le decía a Celedonio–. Él me heredará, él será mi heredero universal y único, el de mi dinero, se entiende, y en cambio me moriré con la satisfacción de no haberle transmitido ninguna tara física y de que así no heredará nada de esta simplicidad que ha sido mi vida. Y cuidaré de que no se aficione a descifrar charadas.

—Y Clotilde, ¡claro!, con eso de ser madre, habrá mejorado.

—Está espléndida, Celedonio, te digo que espléndida, y más llamativa que nunca. ¡Pero para mí sigue siendo un mírame y no me toques!

—Y te consuelas con un tócame y no me mires.

—No tanto, Celedonio, no tanto.

—¡Bah! Lo seguro es atenerse a lo de santo Tomás Apóstol, y vuelvo a hacerte gracia de la cita: «¡Tocar y creer!».

—Con Clotilde, Celedonio, me basta con ver. Y ver que es una joya, como dice su madre; es su madre mejorada.

—Vamos, sí, mejor montada. Pero entonces consuélate, porque si llegas a casarte a tiempo con Rosita, Clotilde no habría salido como salió.

—Sí, a menudo me pongo a pensar cómo habría sido Clotilde si hubiese sido yo su padre verdadero...

—¡Bah!, acaso pasó a ella lo mejor tuyo, la idea que de ti tenía Rosita...

—Eso me lo dice ésta, y más ahora, que estoy reducido a idea... ¡Pero el nietastrito no es idea!

—Y el nietastrito se debe a ti, a tu generosidad, porque tú eres el que casaste a Paquito y Clotilde. ¿Te acuerdas cuando hablábamos de tu vocación para el oficio necesarísimo en la república bien organizada?...

—¡Que si me acuerdo...!

—Y tú, siguiendo por tu vocación celestinesca a la parejita de Clotilde y Paquito, hiciste de celestino de ti mismo. ¡Admirables son los caminos de la Providencia!

—Sí, y cuando empezaba a cansarme del camino de la vida.

—Tú le serviste a Rosita para que pescara a Martínez, el predestinado, quien sin ti no habría picado, y Martínez le ha servido a ella misma, haciéndole a Clotilde, para que te haya pescado ahora a ti...

—¿Y si Martínez no se muere?

—Me da el corazón que habría acabado ella pescándote lo mismo.

—Pero entonces...

—Sí, es más decentemente moral que se la pegue al muerto... Y así ha resuelto el problema de su vida.

—¿Cuál?

—¡Otra! ¡El de pegársela a alguien! Y tú el de la tuya.

—¿Y cuál es el problema de mi vida, Celedonio?

—El aburrimiento de la soledad ahorrativa, por no querer hacer el primo, por temor a que se la peguen a uno.

—Es verdad..., es verdad...

—Y es que el solitario, el aburrido, da en hacer solitarios, ¿me entiendes?, y esto acaba por imbecilizar. Y el remedio es hacer solitarios en compañía...

—¡Hombre, te diré!... Ahora, después de cenar nos solemos poner Rosita y yo, junto al brasero, a jugar al tute...

—¿No te lo decía, Emeterio, no te lo decía? ¿Lo ves? Y te hace trampas, ¿no es eso? ¿Para fallarte las cuarenta?

—Alguna vez...

—¿Y a ti te divierte que te las haga, y te ríes, como si te hicieran cosquillas, de que te las fallen? ¿Y te dejas engañar? ¿Te dejas que te la pegue? Pues ésa es toda la filosofía del sentimiento cómico de la vida. De los chistes que se hacen en las comedias a cuenta de los cornudos nadie se ríe más que los cornudos mismos cuando son filosóficos, heroicos. ¿Gozar en sentirse ridículo? ¡Placer divino reírse de los reidores de uno!...

—Sí, ya se dice aquello de: «Que no me la pegue mi mujer; si me la pega, que yo no lo sepa, y si lo sé, que no me importe...».

—Eso, Emeterio, es mezquino y triste. Hay que elevarse más, y es: «Y si ella goza en pegármela, yo, por amor a ella, darle ese gozo...».

—Pero...

—Y aún hay otro grado mayor de elevación, y es el de hacerse espectáculo para que el mundo se divierta...

—Pero yo, Celedonio...

—No, tú, Emeterio, no te has elevado a esas cumbres de excelsitud, aunque has cumplido como bueno. Y ahora sigue jugando al tute, pero sin arriesgar nada, desinteresadamente, que en el desinterés está el chiste... Y en el chiste está la vida.

—Bueno, basta, que esos conceptos me hurgan en el bulbo raquídeo.

—Pues ráscate el cogote, y así se te irá la caspa.

Y ahora, mis lectores, los que han leído antes mi *Amor y pedagogía* y mi *Niebla* y mis otras novelas y cuentos, recordando que todos los protagonistas de ellos, los que me han hecho, se murieron o se mataron –y un jesuita ha llegado a decir que soy un inductor al suicidio–, se preguntarán cómo acabó Emeterio Alfonso. Pero estos hombres así, a lo Emeterio Alfonso –o don Emeterio de Alfonso–, no se matan ni se mueren, son inmortales, o más bien resucitan en cadena. Y confío, lectores, en que mi Emeterio Alfonso será inmortal.

Salamanca, diciembre 1930

Una historia de amor

1

Hacía tiempo ya que a Ricardo empezaban a cansarle aquellos amoríos. Las largas paradas al pie de la reja pesábanle con el peso del deber, a desgana cumplido. No, no estaba de veras enamorado de Liduvina, y tal vez no lo había estado nunca. Aquello fue una ilusión huidera, un aturdimiento de mozo que al enamorarse en principio de la mujer se prenda de la que primero le pone ojos de luz en su camino. Y luego, esos amores contrariaban su sino, bien manifiesto en señales de los cielos. Las palabras que el Evangelio le dijo aquella mañana cuando, después de haberse comulgado, lo abrió al azar de Dios, eran harto claras y no podían marrar: «Id y predicad la buena nueva por todas las naciones». Tenía que ser predicador del Evangelio, y para ello debía ordenarse sacerdote y, mejor aún, entrar en claustro de religión. Había nacido para apóstol de la palabra del Señor y no para padre de familia; menos, para marido, y redondamente nada para novio.

La reja de la casa de Liduvina se abría a un callejón, flanqueado por las altas tapias de un convento de ursulinas. Sobre las tapias asomaba su larga copa un robusto y cumplido ciprés, en que hacían coro los gorriones. A la caída de la tarde, el verde negror del árbol se destacaba sobre el incendio del poniente, y era entonces cuando las campanas de la Colegiata derramaban sobre la serenidad del atardecer las olas lentas de sus jaculatorias al infinito. Y aquella voz de los siglos hacía que Ricardo y Liduvina suspendieran un momento su coloquio: persignábase ella, se recogía y palpitaban en silencio sus rojos labios frescos una oración, mientras él clavaba su mirada en tierra. Miraba al suelo, pensando en la traición que a su destino venía haciendo; la lengua de bronce le decía: «Ve y predica mi buena nueva por los pueblos todos».

Eran los coloquios lánguidos y como forzados. La reja de hierro que separaba a los novios era una verdadera cancela de prisión, pues prisioneros, más que del amor y del sentimiento, de la constancia y del pundonor estaban. Ya los ojos de Ricardo no bebían ensueños, como antaño, en las pupilas de ébano de Liduvina.

—Si tienes que hacer, por mí no lo dejes —le había dicho ella alguna vez.

—¿Qué hacer? Yo no tengo, nena, más quehacer que el de mirarte —le respondía él.

Y callaban un segundo, sintiendo la vacuidad de sus palabras.

Su tema de coloquio era la murmuración casi siempre; sobre todo, acerca de las demás parejas de novios de la ciudad. Y alguna vez, Liduvina exhalaba embozadas quejas de la vida de su hogar, entre aquella pobre madre, casi paralítica y siempre silenciosa, y aquella hermana, corroída de envidia, y sin hombre alguno en la casa. De su padre no se acordaba, y muy poco de un hermanito, con quien jugaba como si fuera un muñeco, y que se le fue de entre las manos y los besos como se va un ensueño de madrugada.

Retirábase Ricardo de la reja cada noche pensando más aún que aquel amor había muerto no bien nacido, pero volvía arrastrado por un poderoso imán. Llamábale la apacible y triste melancolía que del ámbito todo del callejón se exhalaba. El negro ciprés, las altas y agrietadas tapias del convento, los incendios de la puesta del sol, los conciertos de los gorriones, todo ello parecía formado para concordar con los grandes ojos negros de Liduvina y con las negras ondas de su cabellera. ¡Cuántas veces no contempló Ricardo los arreboles de la tarde reflejados en los cabellos de su novia! Y entonces tomaba ésta algo de los rojores aquellos, algo también del canto de las campanas, que parecía, sonorizándola, espiritualizarla; y pensaba el pobre esclavo del cortejo si no era Liduvina misma la buena nueva que se sentía llamado a predicar. Pero muy pronto veía en los rizos, donde morían los últimos rayos del sol, olas de un río negro, que lleva a quien a él se entrega a un mar de naufragio.

Tenía que acabar con aquello, sin duda; pero ¿cómo? ¿Cómo romper aquel hábito? ¿Cómo faltar a su palabra? ¿Cómo aparecer inconstante e ingrato? Adivinaba, sabía más bien, que ella estaba tan desengañada de aquel amor y tan cansada de él como él de ella; y hasta se lo habían dicho en silencio el uno al otro, con los ojos, en un desmayo de la conversación, y sobre todo al mirarse después de la breve tregua de la oración del ángelus. Pasábanse, sí, las tardes velando un muerto sentimiento, prisioneros del honor y del bien parecer. No; ellos no podían ser como otros a quienes tantas veces censuraran. Pero para no ser como otros, no eran ellos mismos. ¿Cómo provocar una explicación, confesarse mutuamente, darse la mano de amigos y separarse, con pena, sí, pero con el goce de la liberación? A él le esperaba el claustro; a ella, tal vez, el alma de hombre predestinada a ser el rodrigón de su vida.

Cavilando en su caso, dio Ricardo en una solución, a la par que ingeniosa muy sentimental. Los amoríos se prolongaban; hacía ya cinco años que venían con ellos, y aunque tanto él como ella tuviesen más que lo suficiente para poder vivir sin trabajar, la madre de ella y el padre de él no querían acceder a darles el consentimiento para que se casasen hasta que él concluyese su carrera, que por estudiarla a desabrimiento iba alargándose. Fingiría, pues, él, Ricardo, impaciencia y, a la vez, un reflorecimiento del primer amor, y le propondría la fuga. Ella, naturalmente, no lo habría de aceptar, lo rechazaría indignada, y él, entonces, dueño de un pretexto para poder echarle en cara que no le quería con verdadera pasión, con dejación de prejuicios y de encogimientos, podría liberarse. ¿Y si lo aceptaba? No, no era posible que aceptase la fuga Liduvina. Pero si la aceptaba..., entonces... ¡mejor aún! Ese acto de desesperación, ese reto lanzado a la hipócrita conciencia de los esclavos todos del deber, haría resucitar el amor, si es que alguna vez lo tuvieron; lo haría nacer, si es que nunca habitó en medio de ellos dos. Sí, acaso fuese lo mejor que aceptara; pero no, no podía ser, no lo aceptaría.

Veladamente, con alusiones remotas y reticencias, había ya insinuado Ricardo a Liduvina lo de la escapatoria. Y ella pareció no haberlo entendido, o se hizo la desentendida, cuando menos. ¿Qué sentía de ello? ¿Aprovecharía aquel asidero para recobrar su libertad de enamorarse de nuevo y de veras?

2

Se respiraba en el casón de Liduvina el aburrimiento de una oscura tristeza. Había en él rincones mohosos, siempre en sombra, y de aquel moho parecía desprenderse para henchir toda la casa un hálito de pesadumbre. Cuando el viejo reló de pesas sonaba arrastradamente las horas, diríase que la casa entera, bajo el peso de recuerdos de vacío, se quejaba. La madre de Liduvina arrastraba dos veces al día a un sillón desvencijado su pobre cuerpo tembloroso y decadente, y cruzaba de cuando en cuando por la penumbra de los corredores el ceño contraído de su otra hija. Las hermanas se hablaban muy poco. Tampoco hablaba mucho a su madre Liduvina, pero acariciábala con frecuencia con caricias que eran un antiguo hábito. Aquella pobre madre era como un pobre animal herido que vive en la penumbrosa bruma de un sueño de dolencias.

No recordaba la pobre Liduvina haber vivido no más que el huidero ensueño de aquel muñequín vivo, dos rientes ojos azules en medio de una corona de cabellos rubios. Entonces fue Ina, que es como su hermanito la llamaba; después Liduvina, y a lo sumo Lidu, más por ahorro de tiempo y esfuerzo –¡aun siendo ellos tan chicos!– que por cariño. Su niñez se borraba detrás de una tétrica procesión de días todos iguales y todos grises. No había más luz que la de sus amoríos con Ricardo, y era luz de anochecer, moribunda, desde que brilló a sus ojos. Creyó en un principio, al declarársele Ricardo y aceptarlo ella por cortejo, que aquella tibieza de cariño era fuego incipiente, que aquella penumbra de afecto era luz de amanecer, de alba guiadora del sol; pero pronto vio que no había sino un rescoldo que se apagaba, un crepúsculo de tarde, portero de la noche. Sí; bien adivinaba y sentía ella que los amores duraderos y fuertes han de brotar como en el campo el amanecer, poco a poco, pero la vida de aquel su amor fue desde su nacimiento una agonía. Comparaba su amor al hermanito de los ojos azules y el cabello rubio.

¿Cómo lo aceptó? ¡Oh, vivía tan triste, tan sola! Empezó encontrando a Ricardo en la misa temprana del convento de las ursulinas. Todas las mañanas se cruzaban sus miradas al salir a la calle. Alguna vez fue él quien le ofreció agua bendita, y un día fue a llevarle el rosario, que se había dejado olvidado en su reclinatorio. Y, por fin, una mañana, al salir de la misa y después de haberle ofrecido como otras veces el agua bendita de la persignación, le entregó una carta. Su mano temblaba al entregársela y sus mejillas se pusieron de grana.

Al día siguiente no fue Liduvina a la misa de costumbre; tenía que pensar la contestación a la carta.

¡Un novio! Le había salido un novio, como decían sus pocas y raras compañeras. ¡Y qué novio! ¿Le gustaba? Era, sin duda, devoto, acaso para novio en demasía; no mal parecido, de buena familia, de excelente conducta. Tendría, además, en qué entretenerse y un modo de matar la interminabilidad de sus días. Así no vería tanto el ceño de su hermana, así no tendría que sufrir el silencio de pobre animal herido de su madre. ¿Y el amor? ¡Ah! El amor vendría, el amor llega siempre cuando se le quiere, cuando se ama al Amor y se le necesita. Pero pasaron días, semanas y aun meses, y no sentía las pisadas del amor sobre su pecho. ¿Cómo, pues, seguía con su novio? Por la esperanza, y esperando con una desesperanza resignada y dulce, que un día, por milagro y piedad del Dios de los tristes, naciese entre ellos el amor. Pero el amor no venía. ¿O es que le tenían en medio sin saberlo?

«¿Nos queremos? ¿No nos queremos? ¿Qué es quererse?» Tales eran las cavilaciones de Liduvina junto al silencio de su madre y al ceño de su hermana. Y seguía esperando.

Pronto comprendió y sintió la triste que Ricardo estaba ya aburrido de ella, que era el hábito, que eran las tapias del convento, el ciprés, los gorriones, las puestas de sol y no ella lo que a su lado le llevaba. Pero lo mismo que su novio sintió ella en sí más fuerte que el desengaño el pundonor y el orgullo de la constancia. No, no sería ella la primera en romper, aunque tuviese que morir de pena; que rompiese él. La fidelidad, la lealtad más bien, era su religión. No habría de ser la primera mujer que se sacrificase al sentimiento de la constancia. ¿No se había casado acaso su amiga Rosario con el primero a quien aceptó, no más que por no confundirse con las que cambian de novio como de sombrero? Los inconstantes, los infieles son los hombres; los hombres son los que no tienen el pundonor de la palabra de cariño, aun cuando éste muera. Liduvina, en lo hondo de su corazón, despreciaba al hombre. Despreciaba al hombre esperándolo, esperando al hombre celestial de sus ensueños, al varón fuerte cuya fortaleza es todo dulzura, al que le arrastrase como arrastra el agua poderosa del océano, abrazando por entero.

Entendió muy bien a Ricardo cuando éste, entre enrevesados ambages, le insinuó la ocurrencia de la escapatoria; pero aunque le entendiera, hízose la desentendida. Y más que le entendió, pues comprendió su intención celada. Leyó en el alma de su novio. Y se dijo: «Que tenga valor, que deje de ser hombre, que me proponga clara y redondamente la fuga, y la aceptaré; la aceptaré y será cogido en el lazo en que pretende arteramente prenderme, y entonces veremos quién es aquí el valiente. Se revolverá al verse preso en la cadena con que quiere apresarme para huir de mí, e inventará mil excusas. Y entonces seré yo, yo, la pobre muchacha, la nena del casón, yo, la infeliz Liduvina, seré yo quien le dé lecciones de intrepidez de enamorados. ¡Y no lo aceptará, no! ¡El cobarde...! ¡El embustero...! Pero ¿y si lo acepta? Si lo acepta...» Al llegar a este punto de sus cavilaciones, Liduvina se estremecía, como solía estremecerse al tener que cruzar aquella vieja sala donde florecía en lo oscuro el moho de la casona materna.

«Si lo acepta –seguía pensando Liduvina–, empezará mi vida, se romperá esta niebla de sombras húmedas, no oiré ya al viejo reló de pesas, no oiré callar a mi madre, no veré el ceño de mi hermana. Si lo acepta, si nos fugamos, si toda esa gente estúpida descubre de una vez quién es Liduvina, la chica del callejón de las ursulinas, entonces resucitará ese amor que bajó moribundo a nosotros. Si lo acepta, llegaremos a querernos al unirnos un mismo atrevimiento; no, no, entonces veremos claro cómo hoy mismo nos queremos. Porque sí, sí, a pesar de todo, le quiero. Es ya una costumbre en mi vida, es una parte de esta mi existencia. Gracias a sus visitas vivo.»

Y he aquí cómo él y ella coincidieron. Como que era el Amor, un mismo amor, el que les inspiraba.

3

Y fue como pensaron. Una tarde, al ir a ponerse el sol, Ricardo cobró coraje y, recostándose en la reja, después de haber soltado de ella las manos, dejó caer estas palabras:

—Mira, nena, esto va muy largo, y yo no sé cuándo voy a acabar la carrera, que cada vez me apesta más. Mi padre no quiere oír hablar de que esto se acabe como debe acabarse mientras yo no sea licenciado, y, francamente —hubo un silencio—, esta situación es insostenible, así se nos gasta la ilusión...

—A ti —dijo ella.

—No, a los dos, Lidu, a los dos. Y yo no veo más que un medio...

—El que rompamos...

—¡Eso, nunca, nena, nunca! ¿Cómo se te ha podido ocurrir tal cosa? Es que tú...

—No, yo, no, Ricardo; era que leía tu pensamiento...

—Pues leíste mal, muy mal... Ahora, si es que tú...

—¿Yo, Ricardo, yo? ¡Yo, contigo, adonde quieras y hasta donde quieras!

—¿Sabes lo que dices, nena?

—¡Sí, sé lo que me digo, porque lo he pensado muy bien antes de decirlo!

—¿De veras, sí?

—¡Sí, de veras!

—¿Y si te propusiese...?

—¡Lo que me propongas!

—¡Qué resuelta, Liduvina!

—Es que tú no me conoces, a pesar de las horas que pasamos juntos...

—Puede ser...

—No, no me conoces. Di, pues, eso a que quieres darle tanta importancia. ¿Qué es ello? ¿Qué vas a proponerme con tanta preparación?

—¡Fugarnos!

—¡Pues me fugaría!

—¡Mira lo que dices, Liduvina!

—¡No, quien tiene que mirarlo eres tú!

—¡Escaparnos, Liduvina, escaparnos!

—Sí, Ricardo, te entiendo; salir cada uno de nosotros de nuestra propia casa e irnos por ahí, no sé adónde, los dos solos..., a..., a dar cuerda al amor.

—¿Y tú?

—Yo, Ricardo, cuando tú lo digas.

Se siguió un silencio. Acostábase el sol entre sábanas de grana; el ciprés, más ennegrecido aún, parecía una advertencia; las campanas de la Colegiata dejaron caer el ángelus. Liduvina se persignó como todos los días a aquella hora y palpitaron sus labios. Tenía cogidas sendas rejas entre sus manos, y las apretaba mientras su seno palpitaba contra los hierros. Ricardo miró al suelo y susurró en su interior: «Ve y predica la buena nueva a los pueblos todos».

Fue penoso el reanudar del coloquio. Ricardo parecía haber olvidado lo último que dijera, y ella no se lo recordaba tampoco. Algo fatal pesaba sobre ellos. La despedida fue triste.

Y pasaron días, sin que él volviese a mentar lo de la fuga, hasta que llegó uno en que ella, después de un silencio, le dijo:

–Y bien, Ricardo, ¿de aquello, qué?

–¿De qué, Liduvina?

–De aquello. ¿Qué, no te acuerdas ya?

–Como no hables más claro...

–Eres tú, Ricardo, tú, el que tiene que pensar y recordar más claro...

–No te entiendo, nena.

–Y bien que me entiendes...

–Vamos, ¿qué? ¡Acaba!

–Sea. ¡Lo de la fuga!

–¡Ah! Pero ¿lo tomaste en serio?

–¿Entonces es que tú, Ricardo, tú tomas en broma nuestro amor?

–El amor es una cosa...

–Sí, y la cobardía, el miedo al qué dirán, otra. ¡Al fin hombre!

–¡Ah, si es por eso...!

–¿Qué?

–¡Cuando quieras!

—¿Yo? ¡Ahora mismo! Así como así me pesa ya esta casa.

—¡Ah! ¿Es por eso?

—No, es por ti; por ti, Ricardo.

Y luego, recapacitando, añadió:

—Y por mí... ¡Y por nuestro amor! No podemos seguir de esta manera.

Cambiaron una mirada de profunda comprensión mutua. Y desde aquel día empezaron a concertar la fuga.

Y este concierto, esta trama para una aventura romántica y con su prestigio de pecaminosa, les animaba las tardes y parecía dar aliento y alas a su amor. Permitíales, además, despreciar a las otras parejas de novios, pobres doctrinos de la rutina amorosa, que no habían caído en la cuenta de la misteriosa virtud reparadora de una fuga, de un rapto de común acuerdo.

Ricardo sentíase vencido y aun humillado. Aquella mujer había sido más fuerte que él. Le cobró admiración, tal vez a costa del cariño. Así, por lo menos, creía él.

Por fin, una mañana, Liduvina pretextó tener que salir a ver a una amiga, y acompañada de la doncella salió llevando un pequeño hato de ropa en la mano. A los no muchos pasos de haber salido, encontraron un coche parado, que dejaron atrás. Pero de pronto, Liduvina, volviéndose a la criada, le dijo: «Espera un poco; me olvidé una cosa, vengo en seguida». Volvióse, entró en el coche y éste partió. Cuando la doncella, harta de esperar, se volvió a casa por su señorita, se encontró con que no había vuelto.

El coche fue, a toda marcha, a la estación de un pueblecillo próximo. En el trayecto, Ricardo y Liduvina, cogidos de las manos, callaban, mirando al campo.

Montaron en el tren, y éste partió.

4

La línea seguía las riberas del río, que preso en una hoz iba a rendir al mar sus casi siempre amarillas aguas. A un lado y otro se alzaban en arribes tierras de viñedo, o almendros, olivos, pinos y, a trechos, naranjos y limoneros. Los salientes de los escarpes formaban a la vista, según los rodeos del río, ensambles en cola de milano. A espacios, en las presas que se le habían hecho al río, pequeños y miserables molinos de la más antigua calaña: una tosca piedra molar cubierta por una choza de ramaje. Bajaban el río, a la vela, grandes barcas cargadas de toneles, o le remontaban, impelidas por largos bicheros que manejaba un hombre desde una especie de púlpito.

Ricardo y Liduvina, acurrucados en una esquina del vagón, miraban vagamente a las quintas sembradas por los arribes del río, entre la verdura, y oían una conversación en lengua extranjera de que apenas si cazaban el sentido de alguna que otra palabra. En una estación, al ver que se vendían naranjas, antojáronsele a ella. Necesitaba refrescar los resecos labios, distraer manos y boca en algo. Mondole Ricardo una de las naranjas y se la dio mondada; Liduvina la partió por la mitad y alargó una de ellas a Ricardo. Después mordió medio gajo, miró a los compañeros de coche y, al verlos distraídos, dio a su novio el otro medio.

En otra estación comieron; una comida triste. Liduvina, que de ordinario no bebía sino agua, tomó un vaso de vino. Y repitió el café. Ricardo fingía una serenidad que le faltaba. ¡Oh, si hubieran podido volverse, deshacer lo hecho! Pero no; el tren, imagen del destino, les llevaba a él encarrilados. En cualquier lado que se quedasen, tenían que esperar al otro día para la vuelta.

–¡Gracias a Dios! –exclamó ella cuando hubieron llegado a la estación de su destino.

Llegaron al hotel, pidieron cuarto y encerráronse entre sus tristes paredes.

A la mañana siguiente se levantaron mucho más temprano que habían pensado la víspera. Parecía abrumarles una enorme pesadumbre fatal; en sus ojos flotaba la sombra del supremo desencanto. Los besos eran inútiles llamadas. Creían haber sacrificado el amor a un sentimiento menos puro. Ricardo rumiaba el «Id y predicad la buena nueva»; por la mente de Liduvina cruzaban el silencio de su madre, el ceño de su hermana y, sobre todo, el ciprés del convento. Echaba de menos la tristeza penumbrosa que hasta entonces la había envuelto. ¿Era aquello, era aquello el amor?

Era un sentimiento de estupor el que les embargaba. Cuando creían que con aquella resolución románticamente heroica habíanse de encontrar en una cima soleada, toda luz y aire libres, encontrábanse al pie de una fragosa y escarpada cuesta. Aquello no era ni aun la cumbre de un calvario, era el arranque de una vía de la amargura. Ahora, ahora era cuando, en vez de acabar, empezaba el sendero, sembrado de abrojos y zarzales, de su pasión. Aquella noche era la coronación de las otras noches plácidas y melancólicas de la reja, era el comienzo de una vida. Y así les pesaba, como pesa el comienzo de la ascensión a una montaña cuya cresta se pierde entre las nubes.

Sentíanse, además, avergonzados, sin saber de qué. El desayuno fue de inquietud. Ella apenas quiso probar nada. Le mandó a él que saliese del cuarto para vestirse sin que la viera. Y se lavó, jabonó y fregoteó la cara con verdadero frenesí, casi hasta hacerse sangre.

—¿Qué, acabaste? —preguntó él desde afuera.

—No; espera aún un poco.

Se arrodilló junto a la cama y rezó un instante como nunca había rezado, pero sin palabras. Se entregó en brazos de la Providencia. Después abrió la puerta a su novio. ¿Novio? ¿Cómo le llamaría en adelante?

Salieron de bracete, sin rumbo, a callejear.

El corazón de ella palpitaba contra el brazo derecho de él, que se atusaba nerviosamente las guías del bigote. Miraban a todos con recelo, por si topaban con alguna cara conocida. Caminaban de sobresalto en sobresalto; pero todo menos volver todavía al hotel. ¡No, no! Aquel cuarto frío, de muebles desconchados, de estuco lleno de grietas, aquel cuarto donde cada noche dormía un desconocido diferente, les repelía. Su único consuelo era verse envueltos en los ecos mimosos de una lengua casi extranjera. Alguna mujer del pueblo, de aire agitanado, de andares lánguidos, que se les cruzaba en el camino arrastrando sus chancletas o descalza, les miraba con una cierta curiosidad soñolienta. Otras veces era un carro con unos bueyecitos rubios bajo un gran yugo de alcornoque, lleno de talla, que recordaba los de la portada de la Colegiata de su ciudad.

Sentían ganas de un supremo desahogo del sentimiento; pero en ciudad ajena, ¿dónde desahogar el corazón? ¿Qué hay en ella que nos pueda ser hogar? Al pasar junto a una iglesia, sintió Ricardo en su brazo que el seno palpitante de Liduvina le empujaba. Entraron.

Tomó ella agua bendita con las yemas del índice y el corazón de su mano derecha, y se la dio a él, mirándole con turbios ojos a los ojos turbios. Quedáronse cerca de la puerta: él sentado en un banco, contra la pared, en lo oscuro, y ella se arrodilló delante de él, apoyó los codos en el banco de delante y acostó la cara en las palmas de las manos. En el templo no había sino una pobre mujer, casi anciana, con un pañuelo echado sobre la cabeza, que recorría de rodillas el vía crucis. Adelantando alternativamente las rodillas bajo un vientre enorme, que le temblaba, iba, con su rosario en la mano, dando la vuelta al templo, de altar en altar. En el mayor se alzaban en gradería de pirámide las luces del Santísimo. El silencio casaba con la sombra.

De pronto, sintió Ricardo los sollozos contenidos de Liduvina; la oyó llorar. Y a él se le rompió también la represa del llanto. Arrodillose junto a su novia, y así, tocándose, lloraron en común la muerte de la ilusión.

Cuando salieron a la calle parecía todo más sereno, a la vez que más triste.

—Lo que hemos hecho, Liduvina... —se atrevió a empezar él.

Y ella continuó:

—Sí, Ricardo, nos hemos equivocado...

—Es que esto no tiene ya remedio...

—¡Al contrario, hombre! Ahora es cuando le tiene, ahora todo está claro.

—Tienes razón.

—Lo malo es que...

—¿Qué, nena mía?

—Que al pueblo no podemos volver. ¿Con qué cara me presento yo a mi madre y a mi hermana? ¿Y cómo vamos a salir allí a la calle?

—Pues tú fuiste, tú, Liduvina, la que más quería afrontar el qué dirán de las gentes...

—El qué dirán, sí; pero no es lo peor lo que digan; eso me importa poco...

—¿Pues qué?

—¡El que se reirán, Ricardo!

—¡Es verdad!

Una vez en el hotel mezclaron sus lágrimas. Fingió él tener que salir a una diligencia, a cambiar dinero; mas fue para darle a ella ocasión y tiempo, tomándoselos él por su parte, de escribir a sus casas.

Y al otro día emprendían el regreso. Ella se quedaría en un pueblecito donde moraba una tía, hermana de su padre, pues por nada del mundo afrontaría de nuevo el silencio de su madre y el ceño de su hermana; él bajaríase en la estación próxima a la ciudad, para entrar, de noche ya y por caminos excusados, en casa de su padre.

Tristísimo fue el regreso. Los mismos viñedos, los mismos pinares, olivares, naranjales, los mismos molinos y las barcas mismas. Al llegar a la frontera, parecía como si las montañas de la patria les abriesen maternalmente los brazos para recibirlos. Eran los hijos pródigos; pero pródigos... ¿de qué? Escondíanse en el coche por si entraba algún conocido y les reconocía. El sentimiento de la vergüenza y, lo que es aún peor, el del ridículo, les embarazaba. Porque aquello había sido ridículo, completamente ridículo; una chiquillada que no se perdonaban.

Al llegar a la estación del pueblecillo en que moraba la tía de Liduvina, viola ésta que le esperaba. Estrechó convulsivamente la mano de Ricardo. «Te escribiré, querido», le dijo, y salió. Él se acurrucó más aún en su asiento para no ser visto.

—¡Vamos, mujer, vamos; parece mentira! —le dijo a Liduvina su tía, y la encerró cuanto antes pudo en un coche, que partió al instante.

Y una vez solas en el coche las dos, se limitó a decirle su tía:

—¡Francamente, no te creía tan chiquilla! Si hubiera vivido tu padre, mi hermano, de seguro que no habría ocurrido esto. Pero allí..., con aquéllas... ¡Vaya, chiquilla, vaya!

Liduvina callaba, mirando el cielo.

Ricardo se quedó mirando cómo el coche se perdía tras la cuchilla de una loma, sobre la que asomaba la espadaña de la iglesia del lugarejo.

Llegó él a la estación anterior a la ciudad, y a la caída de la tarde emprendió a pie la vuelta a casa. El sol se ponía tras la torre de la Colegiata, en un cielo limpio de nubes. Las campanas lanzaron la oración; descubrióse Ricardo y rezó, repitiendo hasta tres veces el «y no nos dejes caer en la tentación». Y después, al concluir el «ahora y en la hora de nuestra muerte, amén», añadió: «Id y predicad la buena nueva por los pueblos todos».

—¡Majadero!

Esto fue lo único que le dijo su padre cuando, anochecido ya, le vio entrar en casa, furtivamente.

5

Pasaron días; Ricardo y Liduvina esperaban las consecuencias de su aventura. Y pasaron meses. Al principio se cruzaron algunas cartas de forzadas ternezas, de recriminaciones, de quejas. Las de ella eran más recias, más concluyentes.

«No tienes que explicarme, Ricardo mío, lo que te pasa, porque lo adivino. No me engaña tu retórica. Tú, en rigor, no me quieres ya; creo que nunca me has querido, por lo menos no como yo te quería y aún te quiero, y buscas medio de deshacerte del que crees es un compromiso de honor más que de cariño. Pero, mira, déjate de eso del honor, que a tal respecto estoy, aunque te parezca mentira, muy tranquila. Si no ha de ser para quererme, para quererme como yo te quiero, con toda mi alma y todo mi cuerpo, no te cases conmigo, aun habiendo pasado lo que pasó. No quiero sacrificios de esa clase. Sigue tu vocación, que yo ya veré lo que he de hacer. Pero desde ahora te juro que o he de ser tuya o de nadie. Aunque hubiese alguno tan bueno o tan tonto como para solicitarme después de lo ocurrido, de aquella chiquillada, le rechazaría, fuese el que fuese. Piensa bien lo que has de hacer.»

El alma de Ricardo era, en tanto, un lago en tormenta. No dormía, no descansaba, no vivía. Volvió a sus lecturas de mística y de ascética, a sus estudios de apologética católica. Redobló y aumentó sus devociones, y dio en algunas supersticiones. Otras veces antojábasele que, al dar la última campanada de las seis, al llegar al crucero que hacían dos calles, se moriría de repente.

Preocupábale el problema de su destino. Todo aquel largo cortejo de amorío, aquella escapada ridícula, había sido obra del demonio para estorbar el cumplimiento del destino que Dios mismo, por el azar del Evangelio abierto, le había prescrito. Pero ¿y Liduvina? ¿No había ya otro destino ligado al suyo? ¿No estaban ya sus dos vidas indisolublemente unidas? ¿Y no está escrito que no desate el hombre lo que Dios mismo atara? Pero... ¿no había acaso otras almas ligadas *ab aeterno* con la suya, otras almas cuya salud suprema dependía de que él fuese a predicar por los pueblos la buena nueva? ¿O es que no podía predicarla llevándose consigo a ella, a Liduvina? ¿Es que el mandamiento implicaba necesariamente que renunciase a reparar lo que debía por ley de honor ser reparado? Por otra parte, casarse sin cariño... Aunque éste dicen que baja luego; el trato, la convivencia, la necesidad, el querer quererse... Pero ¡no, no! La experiencia de aquellos dos días, en la ciudad casi extranjera, bastaba. Y Ricardo creía ver a la pobre anciana de enorme vientre tembloroso que recorría de rodillas el vía crucis. Y el destino de ella, de Liduvina, ¿no quedaría de todos modos ligado al suyo? ¿No fue aquella fuga, que preparó el demonio, aprovechada por Dios para mostrar a uno y otro, a él y a ella, cuáles eran sus sendos verdaderos destinos?

Lo que menos podía soportar Ricardo era la actitud que su padre adoptó para con él después de la aventura.

—¡Majadero! ¡Más que majadero! —le decía—. Me has puesto en ridículo; sí, en ridículo. Y te has puesto en ridículo tú. ¿Tenías más que haberme dicho lo que pensabais? Ahora creerán que soy yo un padre tirano, que contrariaba los amores de mi hijo... ¡Majadero, más que majadero! ¿Que no la dejaba su madre? ¿Tenías más que haberla depositado? Me has puesto en ridículo y os habéis puesto en él.

Y, en efecto, tanto sentía Ricardo que aquella fuga habíale puesto en ridículo, que acabó por ausentarse de su ciudad natal, a otra lejana, a casa de unos tíos. Y en esta ciudad, una ciudad murada, donde el alma tenía que crecer hacia el cielo, se hundió más y más en su misticismo. Las horas se le pasaban en el soto de piedra del misterioso ábside de la catedral.

Y allí se soñaba apóstol, profeta de una nueva edad de fe y de heroísmos; otro Pablo, otro Agustín, otro Bernardo, otro Vicente, arrastrando tras de sí a las muchedumbres sedientas de adoración y de consuelo, muchedumbres de hombres y de mujeres, y entre éstas a Liduvina. Se soñaba en los altares, y leía de antemano la piadosa leyenda que de su vida escribiría algún estático varón y el papel que en ella había de hacer su Liduvina.

La correspondencia con ella proseguía, sólo que ahora las cartas de Ricardo eran más sermones que misivas de amor o de remordimiento.

«Mira, Ricardo mío, no me prediques tanto –le contestaba ella–; no soy tan tonta que necesite de tantas y tan revueltas palabras para entender qué es lo que quieres. Por centésima vez te diré que no quiero ser estorbo al cumplimiento del que crees ser tu destino. Yo, por mi parte, sé ya lo que hacer en cada caso, y te diré una vez más que o tuya o de ningún otro hombre.»

Terribles desgarrones del alma le costó a Ricardo escribir a Liduvina la carta de despedida; pero creyendo hacerse fuerte y sobreponerse a sí mismo, una mañana, después de haberse devotamente comulgado, se la escribió. Y fue luego tan cobarde, tan vil, que no atreviéndose a leer la contestación de ella, la quemó sin abrirla. Ante las cenizas le palpitaba furiosamente el corazón. Quería restaurar la carta quemada, leer las quejas de la esposa: la esposa, sí, éste era el nombre verdadero; de la esposa sacrificada. Pero estaba hecho; había quemado las naves. Ya aquello, gracias a Dios, no tenía remedio. Y así era mejor, mucho mejor para ambos. Entre ellos subsistiría siempre, aun cuando no se viesen, aun cuando no volviesen a cruzarse ni la mirada, ni la palabra, ni el escrito, aun cuando no volvieran a saber el uno del otro, un matrimonio espiritual. Ella sería la Beatriz de su apostolado.

Cayó de rodillas, y a solas, en su cuarto, mojó con sus lágrimas el Evangelio del agüero.

6

La vida del novicio fray Ricardo llegó a espantar al maestro de ellos; tan excesiva era. Entregábase con un ardor insano a la oración, a la penitencia, al recogimiento y, sobre todo, al estudio. No, no era natural aquello; parecía más obra de desesperación diabólica, que no de dulce confianza en la gracia de Dios y en los méritos de su Hijo humanado. Diríase que buscaba ansiosamente sugerirse una vocación que no sentía, o arrancar algo de manos del Todopoderoso. El cielo padece fuerza, dicen las Escrituras; pero las violencias de fray Ricardo no llevaban sello de unción evangélica.

Las penitencias eran para rescatar su aventura de amor profano. Decíase que un matrimonio en que se entra por el pecado nunca puede ser fecundo en bienes espirituales. Rezaba por Liduvina y por su destino, que creía indisolublemente ligado al suyo. Sin aquella fuga providencial tal vez se hubiesen casado, marrando así uno y otro el sino que les estaba divinamente prescrito.

Sus oraciones eran oraciones de inquietud y de turbulencia. Pedía a Dios sosiego, le pedía vocación, le pedía también fe.

Leía el Kempis, los Santos Padres, los místicos, los apologetas y, sobre todo, las *Confesiones* de san Agustín. Creíase un nuevo Agustín, habiendo pasado, como el africano, por experiencias de pasión carnal y del terrestre amor humano.

Sus hermanos, los demás novicios, le miraban con un cierto recelo y también con envidia, con esa triste envidia que es la plaga oculta de los conventos. Parecíales que fray Ricardo buscaba singularizarse, y que en su interior los menospreciaba. Lo cual era cierto. Tenía que violentarse para soportar la cándida simplicidad, la satisfecha ramplonería de sus compañeros de noviciado, la incomprensión y la tosquedad de no pocos de ellos. Y huía de los mejores, de los más ingenuos y sencillos, hallándolos tontos. Los maliciosos le entretenían más. Dolíale el observar que los más de ellos no sabían bien por qué habían entrado en el claustro; los metieron allí sus padres, cuando eran unos pequeñuelos, para deshacerse de ellos y no tener que darles oficio y estado; otros empezaron por monacillos o fámulos; a otros les arrastró una oscura visión poética de la primera y vaga adolescencia: casi ninguno conocía el mundo, del que hablaban como de algo lejano y misterioso. Le hacía sonreír de conmiseración a su simplicidad al oírles discurrir de los peligros de la carne y del pecado de su concupiscencia. Tenían por diabólico lo que él, fray Ricardo, creía saber bien que no es sino tonto. No habían gustado la vacuidad del amor mundano.

Como entre los novicios corría el rumor confuso de la aventura que a fray Ricardo le llevó al convento, hacíanle veladas alusiones a ello, y cuando él, con su más altanera sonrisa, les daba a entender que no se debe exagerar el poderío del demonio, el mundo y la carne, le contestaban:

—Claro, usted tiene más experiencia de ellos que nosotros...

Lo que halagaba su vanidad. Pero las alusiones más directas a sus amores y su fuga con Liduvina le irritaban. Creía que ni las altas tapias del convento ni la simplicidad de sus hermanos de claustro eran barreras bastantes contra el ridículo en que en su ciudad natal se sintió envuelto.

Al maestro de novicios no acababan de convencerle los ardores de fray Ricardo. Hablando con el padre prior, le decía:

—Créame, padre, no acabo de ver claro en este fray Ricardo. Entró demasiado hecho y con malos resabios. Siempre oculta algo, no es de los que se entregan. Trata de singularizarse; se cree superior a los demás y desdeña a sus compañeros. Le molesta más la simplicidad virtuosa que el ingenio maligno. Ha llegado a confesarme que cree a los tontos peores que los malos. Le entusiasman los santos más singulares y más rigurosos, pero no creo que sea para imitarlos. Es más bien, me parece, por literatura. La vida de nuestro hermano el beato Enrique Susón hace sus delicias; pero me temo que no es sino para convertirla en materia oratoria...

—¡En materia oratoria la vida de Susón...! —exclamó el padre prior, que pasaba por un gran orador en la orden de ellos.

—Sí, nuestro fray Ricardo se siente orador, y su vocación no es sino vocación oratoria. Y de oratoria sagrada, que es la que estima más apropiada a la índole de sus talentos. Sueña con los tiempos oratorios de un Savonarola, de un Montsabré, de un Lacordaire... ¿Quién sabe? Acaso más. Esa revelación evangélica que cuenta haber tenido, la del «Id y predicad la buena nueva», le atrae, no por la buena nueva, ni por el Evangelio mismo, sino por la predicación...

—¡Padre Pedro! ¡Padre Pedro! —exclamó el padre prior, reconventivamente.

—¡Ay, padre Luis! Mire que soy perro viejo en mi oficio... Que han pasado ya muchos novicios por mí... Que tuve siempre cierta afición, acaso excesiva, a estos estudios psicológicos...

—¡Hum! ¡Hum! Esto me huele a...

—Sí, lo entiendo, padre prior; pero, créame, algo sé de vocaciones. Y la de este mozo, Dios quiera que me engañe, pero me parece que no es vocación de religioso, sino de predicador. Y acaso de algo más...

—¿Cómo, cómo? Padre maestro, ¿qué es eso? ¿Qué quiere decir?

—¡Vocación..., vamos..., de obispo!

—¿Lo cree usted?

—¡Que si lo creo! Este mozo es en el fondo egoísta. Acaso hizo lo que hizo con..., pues..., con la pobre muchacha aquella a la que engañó, acaso eso no fue sino egoísmo. Después de aquel desengaño, o lo que fuese, se nos vino acá un poco por romanticismo y otro poco por deseo de lucirse...

—¡Lucirse de fraile! —exclamó el padre prior, soltando la más franca de las risas, que hizo ver su hermosa dentadura—. ¡Lucirse de fraile! ¡Alabado sea Dios! ¡Qué cosas se le ocurren, padre Pedro!

—Sí, lucirse de fraile he dicho, y no me retracto. Usted, padre Luis, y yo no nos lucimos, pero en los tiempos que corren, y para caracteres como el de nuestro novicio fray Ricardo, el hacerse fraile es algo así como un desafío al mundo y como una de las más románticas singularidades. Además, la ambición...

—¡Ambición!

—¡Ambición, sí! Hay puestos, hay honores, hay glorias que desde aquí, desde el convento, mejor que desde otro sitio cualquiera, se alcanzan. Y yo creo que este mozo tiene puesta su mira muy alto... No hablemos de esto. Y luego no será el primero a quien la vocación teatral, obrando sobre ciertos desengaños y sobre un fondo de religiosidad, no lo niego, ¿cómo he de negarlo?, le haya llevado al claustro. Recuerde usted, padre, a aquel fray Rodrigo, el carmelita, que tanto se distinguía como actor en los teatros caseros de la aristocracia, y que en vez de irse a las tablas se fue a un convento...

—Sí, y ahora, fuera ya del convento, anda inventando una religión nueva, con hábito...

—¡Siempre cómico! Y éste, nuestro fray Ricardo, lleva también un comediante dentro. Sólo que espera acabar haciendo papel de protagonista, con una mitra, o quién sabe; acaso suben más sus sueños...

—¿Qué, qué? Diga, padre, diga.

—¡Nada, no, nada! Esto me parece que es ya murmurar.

—Hace tiempo que me viene pareciendo eso.

—Pero, en fin, padre prior, yo creo de mi deber darle estos informes. Este mozo cree que nuestro traje viste mucho. Y hasta sospecho que se tiene por guapo y quiere lucirse, con el hábito blanco, desde el púlpito.

—¡Qué malicioso es usted, padre Pedro...!

—Perro viejo, padre prior, perro viejo...

«Y que no llegará ya a obispo», pensó entre sí el padre prior, que se había también despedido de tal esperanza.

7

¡Si hubiese oído la pobre Liduvina este coloquio entre el padre prior y el padre maestro de novicios!

Pero Liduvina, que había esperado a su Ricardo, cuando éste entró en el claustro, ella también, con los ojos secos y el corazón desolado, fue a enterrarse en un convento. Pensó hacerlo en una orden de enseñanza para inculcar sutilmente en las educandas el asco y el desprecio que hacia el hombre, egoísta y cobarde, sentía. Mas ¿para qué exponerse así a que se le mostrase el corazón al desnudo? ¿Para qué ir a exacerbar sus dolores dándoles pábulo de venganza? No; era mejor profesar en una orden contemplativa, de recogimiento, silencio, penitencia y oración; en un monasterio, a cuyas puertas se rompieran los ecos del mundo de fuera. Allí se enterraría en vida, a esperar a la muerte, a la justicia eterna y al amor que sacia.

Fuese a la lejana y escondida villa de Tolviedra, colgada en un repliegue de la brava serranía, y se encerró entre las cuatro paredes de un viejo convento que antaño fue de benedictinas.

En la huerta había un ciprés, hermano del de las ursulinas de su ciudad natal, del ciprés de sus mocedades. Y sentada al pie del árbol negro contemplaba los encendidos arreboles del ocaso, recordadizos de otros. Recreábase extrañadamente en aquella triste huerta, su compañera de silencio, la mayor parte de hortaliza, con sólo raras flores mustias, que ella sola regaba; aquella huerta triste, prisionera entre altos muros, jirón de naturaleza enclaustrado también. Desde allí no se veía del resto del mundo más que el cielo; el cielo, que no sufre tapiales ni cancelas. Por su azul cruzaban mansamente las nubes con frecuencia, regalándole su sombra; otras veces alguna paloma que iba aleteando blancamente en busca de la tibieza del nido. Cuando llovía de un mismo dulce manto negro, rendíase el agua a la tierra de afuera y a la de dentro del convento. Por las noches derramaba en las estrellas la mirada de sus ojos negros o contemplaba a la media luna que, como una navecilla, parecía bogar a toda marcha entre las nubes. A días, colábanse rumores de turbas que pasaban junto a los muros, guitarras, bandurrias y cantos de romería, y un anochecer, apoyada a la tapia, sorprendió su oído, a través de ella, desliz de besos y revoloteo de suspiros rotos. Y ante estos ecos de fuera, soñaba recordando a la anciana de tembloroso vientre que recorría, de rodillas y rosario en mano, el vía crucis, en el solitario templo de las lágrimas, y aquel viaje en tren, a lo largo del río de aguas amarillas por la tormenta, entre pinos, olivos y naranjos. Aparecíasele la ciudad del pecado. ¿Del pecado? Pero ¿fue pecado, fue realmente pecado aquello? ¿Es eso el pecado que con tales colores de atracción se nos pinta? Oh, el pecado es la curiosidad, sin duda, no más que la curiosidad. Por curiosidad, por ansia de conocer, pecó Eva. ¡Y por curiosidad siguen pecando sus hijas!

¿Había sido mejor o había sido peor que Ricardo la sacrificase así? No quería saberlo. El hombre es egoísta siempre. Lo que más le dolía era la extraña sonrisa de su hermana, aquella sonrisa que le desarrugó el ceño cuando se despidió de ella a la puerta del convento diciéndole: «¡Y ahora, que seas feliz!». ¡Qué lodazal el mundo!

Y allí dentro volvió a encontrarlo; el convento era un mundo en pequeño. La ociosidad, la falta de afecciones de familia, la monotonía de la existencia, exacerbaba ciertas pasiones. Aquella triste paz de los claustros estaba henchida de pequeñas pasiones y recelos, de amistades hostiles.

Una vez al año pasaba por la calle a que daban las rejas del convento una procesión de niños, y en ese día, las hermanas y las madres –¿madres?, ¡pobrecillas!– se asomaban a la reja a verlos pasar, a echarles flores deshojadas, que fingían ir al santo. De seguro que si les anuncian que iba a entrar en la ciudad Don Juan Tenorio redivivo, no se inquietan tanto en ir a verlo.

Tenía cada una en su celda su niñito Jesús, un lindo muñeco al que vestía y desnudaba y adornaba. Poníanle flores, le besaban, sobre todo a hurtadillas; alguna lo brezaba sobre sus rodillas como a un niño de verdad. Rodeábanles de flores. Una vez que un fotógrafo entró, con permiso del obispo, a sacar la vista de un arco románico que daba sobre el jardín, acudieron las monjas, cada una con su niño Jesús, para que les sacase el retrato.

–¡Quítate ahí –decía una a otra–; el mío es más lindo, mira qué ojos tiene!

Liduvina miraba en silencio y con el corazón oprimido aquella rivalidad ingenua de madres marradas. ¡Y ella que pudo tener un hijo, pero un hijo verdadero, un hijo vivo, un hijo de carne! ¡Oh!, ¿por qué, por qué fue estéril aquella escapatoria? Así, estéril como fue, resultaba ridícula; tenía razón Ricardo. ¡Pero si hubiese florecido, no! Si hubiese fructificado en un niño, en un hijo del amor. Entonces –pensaba Liduvina–, el amor habría renacido, ¡no!, se hubiese mostrado; porque ellos se querían, sí, se querían, aunque el egoísmo, la vanidad de Ricardo se empeñase en no reconocerlo. Si hubiesen tenido un hijo, Ricardo no la habría sacrificado a aquella vocación. Vocación ¿de qué? ¡Ah, si la pobre Liduvina hubiese oído al padre maestro de novicios!

Y pasaba por su mente la visión radiosa de aquel hermanito de rientes ojos azules, en medio de la corona de cabellos de oro. Y se oía llamar de allá, de muy lejos, de las lontananzas íntimas de sus recuerdos de mocedad primera: ¡Ina! ¡Ina! ¡Ina! ¡Qué pronto se fue Ina con aquel ensueño fugitivo de madrugada! ¡Qué pronto se fue también la *nena* de Ricardo! Gracias a Dios que acabaría de irse del todo también pronto. ¿Adónde? A un mundo sin tanto lodo y tanta falsía, sin silencio de madre, sin ceño de hermana, sin egoísmo de novio, sin envidias de compañeras.

Más de una vez, tendida la pobre hermana Liduvina al pie de una imagen de la Virgen Madre, le decía: «¡Madre, madre! ¿Por qué no conseguiste del Padre de tu Hijo, de Nuestro Señor Todopoderoso, que mi Ricardo me hubiese hecho madre? ¡Pero no, no..., perdóname!». Y se anegaba en lágrimas, queriendo resignarse al ya irrevocable destierro del convento.

En él nutría su tristeza, aquella incurable tristeza que le acompañaría hasta el borde mismo de la tumba. Y heríale por eso profundamente la infantil alegría de sus hermanas de claustro, que por haber leído en libros místicos que el verdadero santo es alegre, fingían un regocijo ruidoso y pueril de risotadas y palmoteos. Era durante las fiestas de Navidad, las del

Dios Niño, cuando esta boba alegría, casi de precepto, se daba más libre curso. Era entonces, en la huerta, bailes, entre risas locas y repiqueteo de panderetas.

—Vamos, hermana Liduvina, ¿no baila?

Y ella respondía:

—No, soy muy débil de piernas.

Respetaban su tristeza, adivinando, si es que no sabiendo algo, de su origen.

Y seguían su jolgorio, exclamando alguna de vez en cuando: «¡Ay, Jesús mío bendito! ¡Qué contenta vivo!». Y a esto llamaban vivir alegre, con la alegría de la santidad.

Y así se le iban los días, todos iguales y todos grises. No olvidaba rezar por Ricardo, para que Dios le iluminase y le perdonase.

8

La fama de fray Ricardo como predicador se extendía ya por la nación toda. Decíase que había renovado los tiempos de oro de la oratoria sagrada española. Era la suya, a la vez que recogida, caliente. El gesto sobrio, la entonación pausada, la exposición metódica y clara, pero por dentro un caudal de fuego contenido. Su unción era una unción inquietadora.

Algunos de los que le oían razonar le achacaban falta de pasión, porque hay majaderos que no saben que nada hay más razonador que la pasión misma. Sus antítesis y paradojas parecían a otros frutos de ingenio, sin advertir que, como en san Agustín el africano, eran en fray Ricardo las antítesis y paradojas diamantes, duros y secos, forjados en fragua de abrasadoras pasiones. Como de ordinario sus sermones eran libres de hojarasca, le llamaban frío, confundiendo la frialdad con la sequedad. Y es que la oratoria de fray Ricardo era seca y ardiente como las arenas del desierto espiritual que su alma, encendida de ambición y de remordimiento, atravesaba.

A las veces resultaba oscuro, oscuro para los demás y oscuro para sí mismo. Era que andaba buscando sus ideas.

Y hablaba, no a las muchedumbres que le oían, sino a cada uno de los que formaban parte de ellas; hablaba de alma a alma.

Pero había en su oratoria algo de informe, algo de caótico y algo de fragmentario. Y nada, absolutamente nada de abogacía en ella. Pocos, muy pocos silogismos; parábolas, metáforas y paradojas como en el Evangelio, y transiciones bruscas, verdaderos saltos.

—El caso es que sin ser propiamente un orador embelesa —decía algún pedante.

Solía hablar de los problemas llamados del día, de la decadencia de la fe, de la lucha entre ésta y la razón, entre la religión y la ciencia, de cuestiones sociales, del egoísmo de pobres y de ricos, de la falta de caridad y, sobre todo, de ultratumba. Cuando hablaba del amor parecía trasfigurarse.

Indicábasele ya para obispo. Pero, a pesar de su fama toda, a pesar de que su conducta era intachable, algo extraño pesaba sobre él. No acababa de hacerse simpático a los que le trataban, no acababa de ganarse el corazón de las muchedumbres que le oían embelesadas.

Las mujeres, sobre todo, sentían al oírle algo que a la vez que las fascinaba, subyugándolas, hacía que ante él temblasen. Adivinaban algo dolorosamente secreto en sus palabras ardientes. En especial oyéndole hablar de alguno de sus temas favoritos, el de la tragedia del Paraíso cuando Eva tentó a Adán, haciéndole probar del fruto prohibido del árbol de la ciencia del bien y del mal, y fueron arrojados del jardín de la inocencia y quedó guardando su puerta un arcángel con una espada de fuego que iluminaba en rojor sus alas. O la tragedia de Sansón y Dalila. Y es que en sus palabras casi nunca había consuelo, sino dolorosas ansias. Y algo de rudo y de desesperado.

Alguna vez, es cierto, su voz lloraba y como si suplicase compasión de sus oyentes. Sentíase entonces el forcejeo de un alma presa descoyuntándose en contorsiones para romper sus ligaduras. Pero al punto se recogía y como contraíase, y entonces eran sus conminaciones más ásperas, sus profecías más recias.

Aquel predicador tormentoso no era para nuestras pobres almas heridas, que van al templo en busca de bizmas narcóticas y no de irritadores cauterios. Y no era querido, no; no era querido. En vano alguna vez trataba de ablandarse. El adusto profeta estaba condenado a la soledad.

Y él, a solas, sintiéndose solo, se decía: «Sí; es el castigo de Dios por haber dejado a Liduvina, por haberla sacrificado a mi ambición. Sí, ahora lo veo claro; creí que una mujer, una familia, serían peso y estorbo a mis ensueños de gloria». Aunque estaba solo cerraba los ojos, porque no quería ver, en lontananza, la sombra de una tiara. «No soy sino un egoísta –proseguía diciéndose–, un egoísta; he buscado el escenario que mejor se adapta a mis facultades histriónicas. ¡No he pensado más que en mí!»

Por fin le llegó la coyuntura que en secreto más ambicionaba, la de poner a prueba su vocación. Y es que le llamaron a predicar al convento de las madres de la villa de Tolviedra.

Desde que lo supo, apenas dormía. No se lo dejaba el corazón. Y gracias que el mundo, la gente, o mejor dicho el público, no sabía el nudo que con aquel convento le ataba. Era ya un secreto para casi todos. Ahora, ahora iba a darse un espectáculo único y para ellos dos solos; ahora iba a hablar de corazón a corazón, en el secreto de una muchedumbre atónita y embebecida, con la fatídica compañera de su íntimo destino; ahora iba a confesarse a ella delante de todos y sin que nadie lo advirtiese; ahora iba a vencer un trance único en los anales de la oratoria cristiana, seguramente único. ¡Si supieran aquellos pobres devotos la escena del fatídico drama que allí se representaba! El cómico del apostolado sentíase en un transporte enloquecedor.

Y llegó el día.

El templo estaba rebosante de gente ansiosa de oír al predicador famoso. Habían acudido de los pueblecillos comarcanos y hasta de la capital de la provincia. El altar parecía un ascua de oro. Dentro de la cortina que detrás de las rejas velaba el coro adivinábase una vida de recogimiento y de éxtasis. De cuando en cuando salía de allí alguna tos perdida.

Subió fray Ricardo pausadamente al púlpito, sacó un pañuelo y se enjugó con él la frente. La ancha manga blanca del hábito le cubrió como un ala, un momento, el rostro. Paseó su mirada por el concurso y la fijó un instante en la encortinada reja del coro. Se arrodilló a rezar la salutación angélica, apoyando la frente en las dos manos, cogidas al antepecho del púlpito. La tonsura brillaba a la luz de los cirios del altar. Levantose; sonaron algunas toses aisladas; rumor de faldas. Quedó todo luego en un silencio vivo.

Algo desusado le ocurría al predicador. Titubeaba, se repetía, deteníase a las veces, no logrando ocultar un extraño desasosiego. Pero fue poco a poco adueñándose de sí mismo, se le afirmó la voz y el gesto y empezó a rodar su palabra como un río de fuego sin llamas.

Los devotos oyentes contenían la respiración. Un ambiente de trágico misterio henchía el recinto del templo. Adivinábase algo solemne y único. No era un hombre, era el corazón humano el que hablaba. Y hablaba del amor, del amor divino. Y también del humano.

Cada uno de los que le oían sentíase arrastrado a las honduras del espíritu, a las entrañas de lo inconfesable. Aquella voz ardía.

Hablaba del amor que nos envuelve y domina cuando más lejos de él nos creemos.

Y decía:

«¡Esperar al Amor! ¡Sólo le espera el que ya le tiene dentro! Creemos abrazar su sombra, mientras él, el Amor, invisible a nuestros ojos, nos abraza y nos oprime. Cuando creemos que murió en nosotros, suele ser que habíamos muerto en él. Y luego despierta cuando el dolor le llama. Porque no se ama de veras sino después que el corazón del amante se remejió en almirez de angustia con el corazón del amado. Es el amor pasión coparticipada, es compasión, es dolor común. Vivimos de él sin percatarnos de ello, como no nos damos cuenta de vivir del aire hasta los momentos de congojoso ahogo. ¡Esperar al Amor! Sólo espera al Amor, sólo le llama el que le tiene dentro de sí, el que de su sangre, aun sin saberlo, vive. Es el agua soterraña la que aviva la sequía. Sentimos a las veces sequedades abrasadoras, como las del campo desierto que se resquebraja de sed mientras ruedan sueltas sobre su haz las hojas ahornagadas por el bochorno, y entretanto en las honduras de ese campo mismo, por debajo de las raíces de su muerto verdor, corre sobre la roca de sustento el manantial de las aguas del cielo avivadoras. Y es el rumor de esas aguas profundas el que se funde al rumor de las hojas secas. Y llega un punto en que la reseca tierra sedienta se abre, y brotan a su sobrehaz en surtidor las ocultas aguas. Así es el amor.

»Pero es el egoísmo, hermanas y hermanos míos, es el triste y fiero amor propio el que nos ciega para no ver al Amor que nos abraza y envuelve, para no sentirle. Queremos robarle algo, no entregarnos por entero a él, y el Amor nos quiere y nos reclama enteros. Queremos que sea Él nuestro, que se rinda a nuestros locos deseos, a la rebusca de nuestro personal brillo, y Él, el Amor, el Amor encarnado y humanado, quiere que seamos suyos, suyos por entero y sólo suyos. ¡Y qué pronto nos rendimos! ¡Al vernos al pie de la cuesta! Y ¿por qué nos rendimos? Por las más tristes razones –¡razones, sí!, miserables razones–, ¡por miedo al ridículo, acaso! ¡No por algo peor, hermanas y hermanos míos! ¡Qué torpe, qué egoísta, qué mezquino es el hombre! ¡Perdón...!»

Al llegar a esta palabra, que saltó como un grito desgarrado de las entrañas, la voz de fray Ricardo, que, como río de fuego sin llama, iba rodando sobre el silencio vivo del devoto auditorio, se vio cortada por el desgarrón de un sollozo que venía de detrás de la reja encortinada del coro. Hasta las llamas de los cirios del altar parecieron estremecerse al choque de fusión de aquellos dos gritos del alma. Fray Ricardo se trasmudó primero como la blanca cera de los cirios del altar. Después se le encendió el rostro como el de sus llamas; miró al vacío, dobló la cabeza sobre el pecho, se cubrió los ojos con las manos, que apenas asomaban temblorosas de sus aladas mangas blancas, y estalló a llorar entre sollozos comprimidos que se fundieron con los que del velado coro salían. Un momento espesose aún más el silencio de la muchedumbre atónita; rompieron luego llantos, arrodillose el predicador. Después se dispersaron los oyentes poco a poco.

Durante días y aun meses no se habló en Tolviedra, y aun fuera de ella, sino de aquel singular suceso. Y los que lo presenciaron lo recordaban después durante su vida toda.

Parecíales que en el momento de ocurrir el estallido del misterio iba diciendo el predicador en frases rotas y conceptuosas enigmas extraños. Más adelante llegó a saberse, o entresaberse, por lo menos, algo de lo que había habido por debajo, algo del rumor del fuego soterraño que se unió al rumor de las aguas de fuera, y con ello empezaron los más avisados a penetrar en lo que había sido la oración de fray Ricardo.

Él y ella, fray Ricardo y sor Liduvina, sintiéronse más presos del destino que cuando no los separaba más que la reja de la casona del callejón de las ursulinas. Al abrazarse y fundirse en uno sus sollozos, fundiéronse sus corazones, cayéronseles como abrasadas vestiduras, y quedó al desnudo y descubierto el amor, que desde aquella triste fuga les había sustentado las sendas soledades.

Y desde aquel día...

Salamanca, noviembre de 1911

Tulio Montalbán
y Julio Macedo

1

¡Qué vida aquélla, la de don Juan Manuel Solórzano y su hija Elvira, en semejante isla, más bien islote, perdida en aquel rincón del océano! «Para saber todo lo que se dice, sin saberlo, al decir "aislamiento" –decía a menudo don Juan Manuel–, hay que tener que vivir en una isla así, como ésta..., tener que vivir, ¿eh?, "tener que...". Aunque esto más que aislamiento es "¡aislotamiento!"» Y si el señor Solórzano ponía tanto acento en el «tener que» era porque lo menguado de su patrimonio le exigía vivir arraigado en él, cuidándolo por sí mismo, que el ojo del amo engorda al caballo y hace productiva a la tierra más ingrata.

Mas de la fatídica necesidad de tener que cuidar de la finca que en aquella isla perdida les sustentaba a él, al señor Solórzano y a su hija, consolábase don Juan Manuel dedicándose en sus largos y frecuentes ocios al estudio de la historia. Para lo que con muy sudadas y trabajosas economías llegó a reunir una regular biblioteca, sobre todo de obras que trataran de la isla solariega o que la mencionaran en algún modo. Proponíase escribir copiosa y menudamente de su isla, y en especial de los linajes de la docena, mal contada, de familias patricias, de descendientes de los primitivos colonos y conquistadores que aún en ella quedaban. Entre los cuales linajes estaba, naturalmente, como el primero el de los Solórzanos. Y por ser don Juan Manuel el mayorazgo de esta vieja casa colonial, se creía algo así como el virrey honorario de la isla. Y era su fuerte la genealogía.

Habitaban en la pequeña ciudad, de aspecto colonial, capital de la isla, un viejo caserón que daba a una solitaria calleja; caserón de largos corredores y vastas habitaciones, las más de ellas destartaladas y vacías o llenas de muebles desvencijados y apolillados. En una de ellas había reunido don Juan Manuel un buen número de cráneos y otros huesos de los primitivos habitantes de la isla, de los indígenas que al arribar a ella encontraron los «conquistadores», como pomposamente los llamaba él, que se creía su más genuino y directo descendiente. En otra había instalado su biblioteca, y aquí era donde mataba las horas de sus días vacíos, sobre todo cuando en los malos años sus escasas rentas menguaban. Y en la biblioteca también ajaba gran parte de su triste mocedad su hija, que vivía sin amigas, como una flor solitaria en un tiesto a la sombra.

Iba ya ésta entrando en sus veinte años, consumida por una esperanza desesperada, por un anhelo imposible. ¡Sobre ella sí que pesaba el aislamiento solariego! Las nubes pasaban sobre la isla sin dejar caer en ella su riego y los buques pasaban a lo largo sin detenerse en el pequeño puerto, que era su capital. Sentada en un rellano de una roca, que dominaba el golfo diminuto en que estaba el puerto, pasábase Elvira Solórzano largas horas de largos días de su vida, aunque breve en años, muy larga en esperas y tristezas, contemplando la inmensa amargura del mar y cómo pasaban a lo largo, como las nubes, los buques, llevándose acaso al príncipe de sus ensueños. ¡Consumirse así, en aquella pequeña isla, cuando acaso en las anchas tierras, en los vastos continentes, se consumía de soledad de ensueños aquél a quien Dios le destinó para ser compañero de su vida! Porque para Elvira lo del medio anillo, lo del alma gemela y en el otro sexo, era una verdad inconcusa. A tanto, que en un vago providencialismo místico solía soñar que un día Dios haría caer en la isla, acaso salvándose de un naufragio en noche de tempestad, al hombre que le estaba desde los tiempos del Paraíso terrenal predestinado. Por lo cual solía las noches de bravas tormentas y cuando se decía que hubiera buque a la vista, corriendo el temporal, sentirse sacudida hasta en las raíces del alma desesperada de esperar.

—¡Ah, mi pobre Elvira —solía decirle su padre—, lo que siento tus penas! Porque tú sufres, veo que sufres. Ninguno de estos patanes es para ti; no hay, no, no puede haber en la isla quien se merezca a la flor de los Solórzanos; no puedo llevarte a Europa o América, nuestra hidalga y nobilísima penuria me lo impide, y veo que te ajas aquí...

—No te acongojes de esa manera, papá —respondía Elvira—, que lo que haya de ser será. No siento ningunas ansias por casarme, por crear otra familia.

—¡Por continuar la nuestra, Elvira, por continuar la de los Solórzanos! ¡Y aunque fueran de segundo apellido! Murió tu pobre madre al darte a luz y nos dejó solos. ¡Solos y... aislados! No he querido volverme a casar, bien lo sabes. ¡No he querido darte madrastra!

—Acaso si lo hubieras hecho, papá, tendrías un Solórzano varón que, como tal, podría haberse ido a uno u otro continente, a correr mundo y fortuna y a salvar el linaje, perpetuándolo.

—¡Pero fuera de la isla, de nuestra isla, Elvira, fuera de aquí!

—¿Y qué más da? ¿No vinieron de fuera de aquí, de la vieja España, nuestros antepasados? ¿No me has hablado del más antiguo solar de los Solórzanos, allá en la Montaña de la vieja España? ¿Para qué seguir aislados?

—¡Triste necesidad, hija, triste necesidad! Aquí, en este islote que descubrió y conquistó aquel esforzado don Diego de Solórzano, el capitán, aquí los dos, aislados, aislotados más bien; yo consumiendo mi soledad en el estudio amargo de la historia, ya que no puedo hacer papel en ella, y tú..., tú...

Al pobre padre le sacudía la voz, haciéndosela temblorosa, el vaho de lágrimas hondas que se le quedaban dentro.

—Yo, padre, fío en Dios y espero lo que Él me tenga destinado. Y entretanto...

—Entretanto te consumes esperando... Esto no es vivir...

—¿Pero no ves que hasta en tus libros hallo consuelo a mi soledad?

—Por cierto, hija mía, observo que te va sorbiendo el seso esa biografía de Tulio Montalbán que escribió el que fue su suegro...

—Tulio Montalbán... Tulio Montalbán...

Y al pronunciar con religioso acento este nombre lejano, Elvira Solórzano miraba a lontananzas de más allá del mar y aun del cielo que lo ceñía.

—¿No vaya a resultar ahora, hija mía, que te has enamorado de ese héroe?

—Y si fuera verdad, ¿qué?

—Que el enamorarse de un héroe de novela o de un personaje histórico, ya muerto como ese Montalbán, es una locura.

—¿Locura? ¿Y crees tú que los héroes de la historia mueren?

—¿O es que te figuras, hija mía, que como el rey Arturo o como don Sebastián de Portugal ese Tulio Montalbán anda por ahí, vagando en otra vida o que va a resucitar...?

—¿Quién sabe?

—¡Tendría gracia que un buen día una tormenta nos echara a la costa, como Ulises a la isla de los feacios, a Tulio Montalbán redivivo! ¡Tendría que ver!

—Para ti menos que para mí. Pues te he oído sostener que no estás del todo convencido de que Montalbán se hubiese ahogado, en efecto, al pasar el río aquel ni que le hubiesen enterrado...

—En efecto, lo que a ese respecto cuenta su suegro, su biógrafo, no me convence del todo; el hecho no está documentado. Y tú sabes que el documento...

—Bueno, deja eso del documento, que sí, te lo he oído muchas veces. Para mí es indudable que Tulio

Montalbán murió al cruzar el río y que fue enterrado.

—¿Y por qué lo crees así?

—¡Por estética! No podía ser de otro modo. Montalbán tenía que morirse y tenía que morirse así. No cabía en este mundo después de muerta su Elvira y libertada su patria. Sin esa muerte, su historia no tiene sentido.

—Y, sin embargo, le esperas.

—¿Yo?

—Pues lo parece al menos.

—Si una esperara todo lo que sueña...

—¡Ni serías la primera que se forjara al príncipe imposible, al que ha de venir y... nunca llega!

—¿Parece que te burlas?

—No, no me burlo, hija mía; pero me apena y acongoja verte así...

—Hay un remedio.

—¿Cuál?

—Salir de aquí, desaislarnos, ir al mundo...

—¡Ay, hija, hija, si supieses qué raíces nos atan a este suelo!

—Lo sé. ¡Aprenderé a trabajar!

—¡No, no, jamás consentiré que una Solórzano trabaje!

—Pues ya sabes que la ociosidad...

2

Elvira Solórzano había, en efecto, llegado a prendarse perdidamente de aquel leyendario Tulio Montalbán, cuya corta y gloriosa vida contó su suegro.

La historia de Tulio Montalbán era ésta:

Había nacido y habíase criado en una pequeña república americana sometida al rapaz predominio de una fuerte potencia vecina. Vivió vida de campo, al sol y al aire, sin sentirse ciudadano ni patriota. Enamorose perdidamente de una Elvira, y siendo aún muy mozo, casi un niño, a los dieciocho años, casose con ella como a esa misma edad se casó con su Teresa Simón Bolívar, el Libertador. Y como Bolívar, enviudó también Tulio Montalbán un año más tarde, a sus diecinueve. Bolívar cuentan que decía: «Si no hubiese enviudado, mi vida quizá habría sido otra; no sería el general Bolívar ni el Libertador». Y algo así le ocurrió a Tulio Montalbán. La muerte de su Elvira le sumergió en una desenfrenada desesperación. El padre de ella, su suegro, que fue quien, luego de él muerto, escribió el relato de su vida, como en piadosa ofrenda, contaba en ella que temieron que acabase a propia mano violenta con su vida. «Bien es verdad –añadía el biógrafo– que muchas veces le oí hablar a mi hija Elvira del fondo melancólico y aun misantrópico de su marido y de cómo le había oído decir que si aquel temprano amor no le salva, apegándole a la vida, habría acabado, sin saber por qué, suicidándose.»

Pero lo que le salvó del suicidio, por desesperación, al viudo de Elvira Jacquetot –tal era su apellido y el del biógrafo de Tulio Montalbán, por lo tanto– fue el amor de patria. Buscando alimento al fuego que le consumía el corazón, paró mientes en la postración civil de su patria, de la pequeña República en que quiso crear una familia y se lanzó a redimirla, a emanciparla. Levantó bandera contra los opresores de aquélla, declaró la guerra a los gobernantes mediatizados, abyectos servidores de la vecina potencia opresora, y se propuso hacer a su patria, patria de verdad y no sólo de ficción, de hecho, y no de derecho solamente, independiente. La campaña fue una sucesión de heroicos hechos de armas.

La biografía de Tulio Montalbán, escrita por Enrique Jacquetot, el que había sido padre de su Elvira, era el relato conmovido y conmovedor de aquella pequeña epopeya republicana. Y el pobre padre puso al escribirla, con todo el amor a su hija malograda en capullo de vida, todo su amor y toda su admiración a su yerno. Quería acompañarle en la historia.

En aquel relato contaba cómo Tulio Montalbán llevó siempre sobre su pecho, como un escapulario, un retrato de su Elvira y la primera y casi la última carta de amor que le escribiera; cómo era el nombre de Elvira el que invocaba al entrar en los combates; cómo parecía que más que libertar a su patria buscaba libertarse de la vida e ir a juntarse con la que fue su compañera en breve y fugitivo trecho de ella. «Quiero libertar la tierra en que mi Elvira descansa –decía, según Enrique Jacquetot, Tulio Montalbán–, y cuando sobre ella ondee un pabellón de hombres libres, ya no me quedará sino descansar a mi vez a su lado, mezclados mis huesos con los suyos y hechos en un mismo polvo nuestras carnes.» En lo que el biógrafo sentía un presagio terrible. Presagio que no se llegó a cumplir.

Y no llegó a cumplirse porque cuando ya Tulio Montalbán había logrado echar de su patria a los que la tiranizaban, una noche al cruzar un río se hubo de ahogar en éste. Los soldados que con él iban dijeron que lo enterraron allí cerca, mas el caso es que no se volvió a saber de él.

Y ésta era la historia que leía y releía Elvira Solórzano, dejándose empapar del opio romántico que en ella puso el padre de Elvira Jacquetot. De quien decía don Juan Manuel que sería acaso un buen poeta, pero que no era ningún historiador de que cupiera fiarse, pues desdeñaba la documentación.

—No hay un documento en toda esa historia, hija mía, ni un solo documento. Ni un parte de combate, ni una carta.

—¿Y esas proclamas, papá, esas proclamas tan vibrantes y tan hermosas de Montalbán?

—¡Eso es literatura!

—Pero son documentos.

—Sí, literarios. Mira tú que aquella proclama en que les habla a sus soldados de su Elvira, en que dice: «la patria de mi Elvira», y que hay que libertar la tierra que guarda las cenizas de aquella llama de amor de hogar.

—¡Hermosísima, papá, hermosísima! ¡Llama de amor de hogar!

—Pero eso no es documento...

—¿Y si la escribió así?

Y Elvira Solórzano se iba a mirar otra vez más a aquel retrato de Tulio Montalbán al lado de su Elvira, que figuraba al frente del libro en que se narraba su historia. Y por cierto no dejaba aquella Elvira de parecerse en aire y rasgos a esta otra que leía su trágico idilio y que se embriagaba con él. Parecido que entraba acaso por no poco en la fascinación que le producía el héroe. Y mirando los retratos se decía la hija de don Juan Manuel, la aislada: «Si yo hubiese encontrado en mi vida un hombre así... ¿Hombre? ¡No, más que hombre! Si esta pobre isla fuese una pequeña Republiquilla oprimida y vejada; si aquí pudiese haber una guerra libertadora, si una tempestad siquiera hubiese echado a estas costas el hombre, así, de fuego y de sacrificio, ¡qué llama de amor de hogar habría encontrado en mí! Pero hombres así son de otro mundo, y acaso este mismo no es sino una ficción de poeta...»

Y el padre:

—Que así no se aprende a vivir, hija mía, que así no se hace sino soñar en vano...

—¿Y qué otra cosa quieres que haga, padre? ¿Quieres que me ponga a buscar novio entre los viejos acomodados de esta pequeña ciudad o de la isla toda?

—¡Oh, eso no! ¡No!

—¿No te he dicho que el remedio está en que nos vayamos, en que dejemos esta isla y en ella los huesos de don Diego de Solórzano, el que te tiene preso en ella?

—¡Él, no! ¡Sus huesos, no!

—¿Pues qué?

—¡Su herencia, hija, su herencia! ¡Este mezquino patrimonio que es la muerte de nuestra vida! ¡Y si no fuese por mi biblioteca..., por mis libros!

—¡Déjame, pues, con el mío! Con él pueblo la soledad de nuestro aislamiento...

3

—¿Qué hombre extraño es ese, papá, que dicen que llegó en el último barco arribado a nuestro puerto y se ha quedado aquí y hace esa vida extraña?

—Parece que desembarcó enfermo y diciendo que no podía continuar la navegación hasta reponerse y que se quedaba aquí. Se llama Julio Macedo, dicen que es americano o lo parece al menos; finísimo y culto. Dispone de dinero, vive sencillamente, apenas se roza con la gente, se pasea solo y por el interior de la isla, como evitando la vista del mar. Lee en unos cuantos libros que ha traído y no parece que tenga curiosidad alguna por lo que dicen los periódicos que nos llegan cada quince días con el correo. Evita hablar con las gentes, pero cuando habla con alguien se produce muy correctamente. Yo mismo crucé con él hace pocos días unas cuantas palabras...

—¿Tú?

—¡Sí, yo! Nos encontramos junto a la Fuente de la Teja, me preguntó por el nombre del Pico de Toba y aproveché la conyuntura para intentar sondearle...

—¿Y qué sacaste en limpio?

—¡Nada! Parece que evita dar a conocer nada de su pasado. Por lo cual se ha hecho ya aquí, en la isla, un personaje misterioso y todos andan a descifrar su misterio. Hasta dicen que trata de desfigurarse. Y a él parece que le molesta el que se ocupen de él.

—Es curioso todo ello y me gustaría conocerle.

—Pues mira, casi todos los días pasa por aquí cuando se va de paseo al monte.

Y así era, en efecto, que Julio Macedo, el misterioso emigrante, dio en frecuentar la calleja en que vivían los Solórzanos, padre e hija. Y aún había más, y es que parecía buscar con sus ojos a la hija, a Elvira. Y ésta, cuando lo comprendió, picole el caso, aunque sin interesar otra cosa que su curiosidad en ello. Y deseaba un encuentro.

Encuentro que llegó. Y fue junto a aquel rellano de la roca que dominaba el pequeño golfo del puerto, donde Elvira solía sentarse a soñar con el náufrago del otro mundo. Allí la encontró una tarde, al ocaso, Julio Macedo, y mirándola con una mirada que hizo retroceder a Elvira, le dijo:

—Veo, señorita, que gusta usted de soñar en esta isla en que todos duermen...

—¿Y en qué lo ha conocido usted, caballero?

—Oh, eso está a la vista. Basta mirarle a usted a los ojos. Esos ojos nacieron para soñar. Y para hacer soñar...

—¡Qué de prisa va usted, caballero!

—Es mi marcha. Necesito vivir muy de prisa. ¡He perdido tanto tiempo...!

—¡Pues es usted joven...!

—Menos que lo parezco. Mas ello importa poco. Sí, tengo prisa...

—Bah, en cuanto usted se reponga, reanudará su viaje...

—Creo que no... Además no llevo viaje...

—¿Cómo que no?

—No; me quedo aquí ya para siempre. Acabo de decidirlo.

—¿Aquí? ¿Y para siempre? ¿Usted?

—Sí, yo, aquí y para siempre. Vine con terribles propósitos, a enterrarme en vida, pero... ¡Ahora quiero vivir! ¡Quiero volver a vivir! ¡Quiero saber qué es eso que llaman la vida y de que otros gozan...!

—No lo comprendo...

—Pues me parece que hablo bien claro...

—Y muy de prisa.

—Me gusta acortar trámites. Y ahora, ¿me permitiría usted que fuese alguna vez a visitarla?

—Eso es cosa de mi padre.

—No es sólo a su padre, es a usted a quien deseo hablar...

—Bueno, pero usted, ¿quién es?

—¿Yo? Yo soy Julio Macedo.

—¿Y quién es Julio Macedo?

—¿Y eso qué importa? Un náufrago..., uno que ha echado el mar a esta isla..., un hombre nuevo que empieza a vivir ahora..., uno sin historia... ¿Qué importa quién es Julio Macedo? Este que está aquí y que le habla ahora y le mira y arde por dentro. ¿Le he preguntado yo acaso quién es Elvira Solórzano? Para mí es como si hubiéramos nacido ahora y sin historia. El pasado no cuenta. No tengo pasado; no quiero tenerlo. Ahora no quiero sino tener porvenir. Y en esta isla...

—¿En esta isla? ¿Aislado? ¿Sabe usted lo que es vivir aislado?

—Sí, aislado quiero vivir. ¡Aislado... con usted!

—¡Señor Macedo!

—¿Ah, que voy de prisa? Ya empecé diciéndole que es mi modo. Conque ¿podré visitarla?

—¿Y para qué?

—¡Para vivir! Y usted irá conociéndome; usted irá sintiendo quién es, o mejor, quién va a ser Julio Macedo; usted me irá haciendo...

—Pero su historia...

—¡Yo no tengo historia, Elvira!

La Solórzano tembló al oírse llamar así, familiarmente, Elvira. Aquel hombre la desasosegaba, le infundía un extraño pavor. Quería verle lejos de sí, pero sin perderle de vista. Adivinaba en él un alma de presa, un espíritu de dominio. Y que alguna historia misteriosa le envolvía.

—Bueno, señor Macedo, hablaré con mi padre.
—¡Y yo también!
—¿Qué quiere decir eso?
—Nada; que espero ganar la confianza de don Juan Manuel, y de usted... ¡el corazón!
—¡Y con qué seguridad habla!
—Es también mi modo, Elvira.
—Ni que se tratara de un Don Juan Tenorio, de un conquistador de raza... Llegar, ver y vencer, ¿no es así?
—¡No es así, no, señorita, sino llegar, ver y ser vencido! Yo no soy conquistador, sino conquistado. Un náufrago de la vida...
—¿Y con qué derecho?
—No es cuestión de derecho, Elvira...
—¡Y dale con Elvira!
—¿No me será permitido ni siquiera darle ese nombre dulce, como la leche de la madre en la boca del niño enfermo? Que así es mi boca, como la de un niño, y de un niño enfermo. Ser niño...

Y el forastero inclinó la frente ensombrecida al suelo.

—¿Es que le gustaría volver a la niñez?
—¿A la niñez? ¡Más allá, mucho más allá...!
—¿Cómo más allá?
—¡Sí, más allá de la niñez, más allá del nacimiento!
—¡No lo comprendo!
—Sí, me gustaría volver al seno materno, a su oscuridad y su silencio y su quietud...

—¡Diga, pues, que a la muerte!
—No, a la muerte no; eso no es la muerte. Me gustaría «desnacer», no morir...
—Y por eso...
—Sí, por eso. ¡Un amor así, como el que busco, me valdría lo mismo!

4

—Te digo, hija mía, que cada vez me intriga más este Julio Macedo. Para mí que ni es Julio ni es Macedo...
—Claro, como no te ha presentado los documentos que lo justifiquen...
—Yo insisto en que podría ser...
—¿Quién?, ¿él? ¿Montalbán? ¡Tonterías! ¿Crees tú que si fuese Tulio Montalbán no le habría yo reconocido en cuanto se dirigió a mí por primera vez? ¡En seguida! No, no; ni se parece apenas al retrato que figura al frente del libro, ni... Y en todo caso, de ser él, habríamelo dicho al punto el corazón...
—Vamos, sí; que te habrías enamorado de él locamente a las primeras miradas que cruzarais...
—¡Claro está! Y lejos de haberme enamorado, el hombre se me despega..., yo no sé..., le tengo miedo... El caso es que cuando está ausente, llego hasta desear volver a verle; pero así que le tengo a mi lado quisiera escaparme de él... No sé lo que me pasa... Y ese misterio... ¡No, él no es; no puede ser!
—Sí, yo mismo he abandonado ya casi esa suposición. Por probarle, le conté un día cómo tú lees y relees la *Vida de Tulio Montalbán,* que escribió su sue-

gro, y hasta cómo has llegado a enamorarte de ese héroe de leyenda...

—¿Y qué dijo a eso?

—Se quedó callado. Espié su rostro; permaneció inmóvil.

—¿Lo ves? Y si fuese como tú suponías, Tulio Montalbán, al saber eso habríase, de un modo o de otro, descubierto...

—¡Quién sabe!... Acaso no pueda hacerlo...

—¿Vuelves a tus sospechas?

—Mira, Elvira; pregúntale si conoció a Tulio Montalbán. Porque acaso no sea él; no, evidentemente no puede ser él; pero de que le conoció, de que es de su misma patria, de esto no me cabe duda. Pregúntaselo. Verás cómo mis conjeturas son fundadas.

—¡Se lo preguntaré!

—Mira, allí viene. Coge el libro y que al entrar y al encontrarte te vea con él... Yo me voy en tanto...

Y cuando entró en seguida de esta conversación entre padre e hija Julio Macedo, encontrose a Elvira Solórzano con el libro de la *Vida de Tulio Montalbán* entre las manos.

—Ya sé por su padre, Elvira, que ese libro le tiene sorbido el seso...

—¿Y hay en ello mal?

—Siempre hay mal en enamorarse de un ente de ficción...

—¿Ente de ficción? ¿Es que no fue real Tulio Montalbán?

—No lo sé...; pero creo que no es real ningún tipo que anda en libros, sean de historia o novelas...

—¿Ninguno?

—¡Ninguno! Sólo son reales los hombres de carne y hueso...

—¿Cómo?

—¡Como yo! Y por eso le dije, Elvira, que no importaba saber mi nombre, ni de dónde vengo, ni cuál es mi historia. Mi vida, mi verdadera vida, ha empezado hace poco, y en cuanto a historia, no quiero tenerla.

—¿Pero es que no ha vivido usted antes? ¿No tiene usted pasado?

—¿Yo? ¡No..., no!

—Pues bueno, ¿quién es usted? Otra vez. ¿Quién es?

—El que estoy aquí, el que le está sorbiendo con los ojos y el corazón...

—¿Puedo preguntarle algo de su vida, de su historia pasada?

Julio Macedo recapacitó un instante, y luego, con voz velada, contestó:

—Pregunte, y yo sabré qué responder; o silencio o verdad.

—¿Conoció usted a Tulio Montalbán?

Hubo un silencio, y tras él lo que anunció verdad, y fue:

—¡Sí, le conocí!

—¿Mucho?

—Mucho. Éramos del mismo lugar, del mismo tiempo, nos criamos juntos, hicimos juntos la campaña por libertar la patria...

Elvira abrió tanto las pupilas, que se le desvanecía la visión.

—Y bien —dijo ella, apoyando su mano sobre el libro, pues sentía que le faltaba suelo—, y bien..., ¿murió Montalbán?

—Sí, murió.
—¿Cómo? ¿Se ahogó? ¿Se suicidó?
—Fue muerto.
—¿Quién le mató?

Se siguió un silencio irrespirable para las dos almas.

—¿Quién le mató? –repitió Elvira– ¡La verdad, la verdad que me ha prometido! ¡La verdad!

Julio Macedo siguió en silencio.

—¡Ah! –exclamó entonces Elvira–, usted, usted le mató, ¡usted!

Julio inclinó su rostro, antes siempre erguido, y se puso pálido como un muerto. Y dijo:

—Sí, yo le maté; yo, Julio Macedo, maté a Tulio Montalbán.

—¡Caín! ¡Caín! ¡Caín! –y Elvira, al decirlo, retrocedía–. Vete, vete y no vuelvas, ¡vete! Por algo me aterraba su presencia..., por algo no me sentía tranquila a su lado..., por algo...

Entonces Julio cogió de un brazo a Elvira, que no se resistió, la atrajo hacia sí, le miró fijamente a los ojos despavoridos y con voz como de otro mundo, fantasmagórica, le dijo:

—No, tú no me has huido; tú me has buscado, pero no a mí. Yo maté, sí, a Tulio Montalbán o al menos creí dejarle muerto; pero fue cara a cara, noblemente, a la orilla de uno de los ríos sagrados de la patria, en una noche de luna llena... Luchamos como luchan dos hermanos que sirven causas contrarias, noble pero sañudamente, como acaso lucharan, diga lo que quiera la Biblia, Caín y Abel, y le dejé por muerto, como pudo él haberme dejado a mí.

—¿Y por qué? ¿Por envidia también?

—No, sino porque él, el libertador de la patria, iba a convertirse fatalmente en su tirano. Que allí es así.

—¿Y qué más podía apetecer aquella patria que tener semejante tirano, un amo así?

—¡Tú, acaso; mi patria, no! Mi patria no debía aceptar tiranos. ¡La que se ha dejado tiranizar por él y luego que ha muerto, por un fantasma, por un tipo de libro, eres tú! —y le soltó el brazo.

—¡Ah!, ¿sientes celos?

—¡Sí, siento celos! ¡Me devoran los celos! No puedo soportar que lo que debió ser mío, lo que sería mi paz, mi vida, algo como un dulce seno materno en vida, me lo robe..., ese..., ese del libro..., ese que creí dejar muerto. Vine acá, a esta isla, buscando la muerte o algo peor que ella; te conocí, sentí resucitar a nueva vida, a una vida de aislamiento, soñé en un hogar que fuese, te lo repito, como un claustro materno cerrado al mundo, y he vuelto a encontrarme con él..., con él...

—Es que no le dejaste bien muerto acaso...

—¿Y ahora?

—Ahora vete, vete y no vuelvas. Si no eres Tulio Montalbán, eres por lo menos algo tan grande como él...

—¿Para hacer historia, eh?

—¡Vete! ¡Vete!

Y Elvira se salió de la sala dejándole solo. Julio se enjugó una lágrima de fuego y se marchó.

Elvira sintió luego haberle despedido de aquel modo y hasta estuvo por escribirle que volviese, que no había sido sino un arrebato, que ella no era quién para juzgar de aquella tragedia que le había contado.

Y en los días que sucedieron al de la revelación fatídica, Elvira, por las noches, mientras se arrebujaba en su cama y se cubría los ojos con la sábana para no ver los fantasmas de su imaginación embriagada, sentía abajo, en la calle, los pasos de él, del matador de Tulio Montalbán. Porque eran sus pasos, no le cabía duda de ello. Y llegó a asomarse tras los cristales, a favor de la oscuridad, y estuvo por llamarle. ¿Qué haría ahora aquel hombre? ¿Por qué le había despedido así? Y le dijo: ¡vete! Y al decírselo confesó la grandeza de aquel hombre misterioso, náufrago de la historia, que parecía llegado para matar su ensueño. ¿O más bien para encenderlo?

¿No había en aquel hombre matador de Tulio Montalbán algo de éste? ¿Por qué había dicho que lucharon como luchan dos hermanos –lo recordaba bien–, dos hermanos que sirven causas contrarias? Y hasta se acordó de Jacob y de Esaú luchando el uno contra el otro ya desde el vientre de su madre que los tuvo juntos. Y habló de que Caín y Abel habían luchado... ¿Sería verdad? ¿Y si aquel hombre, Julio Macedo, o quien fuese, no hubiera matado a Tulio Montalbán, no habría perecido a manos de éste?

La pobre Elvira no podía ya dormir sin soñar. Y eran sus sueños pesadillas.

5

–Mira, hija –le dijo ocho días después don Juan Manuel a Elvira–. Macedo me escribe rogándome que le concedamos una última entrevista, pues quiere despedirse de nosotros para siempre. Se va de la isla.

—Si es así...
—Aún no he logrado averiguar qué pasó entre vosotros dos en aquella tarde en que tú quedaste en preguntarle si había o no conocido a Montalbán. Desde entonces tú estás como despavorida y él, según me dicen, como loco de silencio y de desesperación. Dicen que no sale sino de noche y entonces ronda esta nuestra casa. Temo cualquier desastre... ¿Pero supiste quién es?
—Sí, lo supe, ya te lo tengo dicho. Conoció y trató mucho a Montalbán, y si no es él, es, por lo menos, algo tan grande. He llegado a sospechar si su hermano... acaso gemelo...
—Pero el libro no habla de tal hermano...
—¿Quién hace ahora caso del libro?
—¿Y qué pasó entre vosotros para esa ruptura?...
—No puedo verle, no debo verle, no quiero verle... Me da miedo...
—Me parece que estás ya enamorada...
—¿Yo? ¿De él?
—¡Sí, tú, de él, de Julio Macedo!
—Quién sabe... —susurró Elvira palideciendo—; pero no, no puedo, no debo, no quiero ser suya... Hay en su vida un terrible secreto que amargaría las nuestras...
—¿Y te lo reveló?
—¡Sí, me lo reveló! Y ese secreto ha abierto un abismo entre los dos... para siempre...
—Pues yo, visto que la entrevista que nos pide dice que ha de ser la última y que es para despedirse, y entre los tres, presente yo a ella, le he dicho que puede venir cuando quiera.
—Y has hecho bien. Aunque yo no sé si tendré fuerzas...

En este momento de la conversación el criado anunció que Julio Macedo había llegado a la casa y deseaba saludarlos.

—¡Que espere no más que un momento! —ordenó don Juan Manuel.

—Ay, padre, yo no sé..., no sé si tendré fuerzas..., ese hombre me aterra...

—¡Ese hombre te atrae!

—¡Como un abismo...!

Volvió a entrar el criado y dijo:

—El señor Macedo dice que tiene prisa, mucha prisa...

—Es la suya —exclamó Elvira—; siempre dice que tiene prisa... ¿Prisa de qué?

—Bueno, que vamos allá...

—¿Y qué haremos ante él? ¿Qué le diremos?

—El que tiene que decir es él.

—¿Y estás dispuesto, papá, a que se despida?

—¿Y si ha resuelto irse, qué le voy a hacer yo?

—¡Retenerle!

—¿Para qué, si hay ese abismo del secreto?

—¡Es cierto!

6

Cuando padre e hija, los Solórzanos, entraron en la sala en que Julio Macedo les esperaba, encontraron a éste de pie, con el sombrero en la mano como de partida y mirando el retrato al óleo de don Diego de Solórzano, el conquistador de la isla, que presidía en efigie la solemne estancia.

—Ante todo —empezó diciendo don Juan Manuel—, siéntese usted...

—No, que estoy de prisa. Lo que he de decirles por despedida es bien poco y prefiero decirlo de pie. Es postura de caminante y de combatiente.

—¿Es que viene de combate, señor Macedo? —preguntó Elvira.

—¡Es mi trágico sino, señorita!

—Bueno, pues usted dirá... —empezó el padre.

—¡Sí, yo diré! ¡Y digo que yo fui Tulio Montalbán! Calló una vez dicho esto y siguiose un penoso silencio.

—¡No te lo decía yo, hija mía...!

—Pues entonces —dijo con un hilo de voz Elvira—, ¿cómo no me lo había dicho antes? Y aquella historia...

—¿Historia? ¡Eso es lo terrible! Aquella historia que te conté, Elvira —y apoyó cuanto pudo el «te» al decirlo— era y sigue siendo sustancialmente verdadera. Te prometí silencio y verdad. Y verdad era lo que te dije. Por lo menos así lo creí...

—¿Aquello de la lucha y la muerte...?

—Sí, en aquella noche trágica, junto al río más sagrado de mi patria, creía haber dado muerte a Tulio Montalbán, al de la historia, y poder vivir fuera de toda historia, oscuramente, sin patria alguna, desterrado en todas partes, desterrado en el mundo como un hombre oscuro sin nombre y sin historia. Hice jurar a mis más fieles soldados que guardarían el secreto de mi desaparición haciendo creer en mi muerte y propalando haberme enterrado, y huí. ¿Adónde? Ni lo sé...

—¿No te lo decía yo, hija, que jamás me convenció el relato de aquella muerte no documentada? ¿Lo oyes?

—Y erré más muerto que vivo, huyendo de mí mismo, de mis recuerdos, de mi historia. Todo mi pasado no era para mí más que como un sueño, una pesadilla más bien. Sólo me faltó el valor supremo, el de acabar del todo con Tulio Montalbán. Creí poder sacudirme del personaje y encontrar bajo él al hombre primitivo y original. No era sino el apego animal a la vida y una vaga esperanza... Pero ahora.. ¡Ahora sabré acabar con el personaje!

—¡Tulio! —gimió Elvira.

—¿Tulio? ¿Tulio o... Julio?

—¡Es igual!

—¡No, no es igual! Y me has llamado, has invocado el nombre, uno u otro, pero el nombre; no me has cogido al hombre, al de carne, al que está aquí, al animal si quieres. Y éste sobra...

Y al observar que Elvira se le acercaba, retrocedió, prosiguiendo:

—¡No, no te me acerques, no me toques! Todo lo que hagas o digas ahora será mentira, nada más que mentira. ¡Llegué acá, a esta isla, decidido a enterrarme en ella en vida, a vegetar aquí y te vi! ¡Te vi!

Tuvo que detenerse para cobrar aliento, porque el corazón le tocaba a rebato.

—¡Te vi —continuó—, te vi y sentí resucitar al que fui antes de mi historia, de esta fatídica historia que ha contado ese hombre que hizo el libro de mi vida; sentí revivir al oscuro mancebo que se casó a los dieciocho años con su Elvira! Volví a encontrar a mi Elvira. ¡Cómo te pareces a ella! Pero sólo de cuerpo, no de alma. Porque aquel bendito ángel de mi fugitivo hogar apetecía el silencio y la oscuridad y buscaba el aislamiento y jamás soñó con que su nombre resonara en la historia unido al mío. Esta resonancia posterior fue obra de su pobre padre. Mi pobre Elvira sólo anhelaba pasar inadvertida, y yo, como ya lo he dicho, hacer de mi hogar un claustro materno y vivir en él como si no viviese. ¡Porque le tengo miedo a la vida, un miedo loco!

–Pues quédate, Tulio, y viviremos así; yo contigo. ¡Seré tuya!

–De Tulio o de Julio, ¿otra vez?

–De quien quieras...

–No, de quien yo quiera no. ¡Tú eres del otro, no de mí! Tú eres del nombre. Te vi, sentime resucitar, te busqué y me encontré con que el otro, el que creía haber matado, te había vuelto el seso. Me encontré con el de ese libro fatal. Y tú, que amabas con la cabeza, intelectualmente, a Tulio Montalbán, no podías amar con el corazón, apasionadamente, carnalmente si quieres, a un náufrago sin nombre. Todo tu empeño fue conocer mi pasado, cuando yo venía huyendo de él. ¡Y ni me conociste! Prueba que era tu cabeza, no tu corazón, el enamorado.

–¿Y por qué no me lo dijiste?

–¿Para qué? ¿Para que te hubieras rendido a Tulio Montalbán, que venía buscando olvido, silencio, oscuridad, aislamiento y lo hubieras luego arrastrado otra vez a la historia? No, no...

–Pero yo...

–No, tú no te habrías sacrificado a mantener por siempre oculto mi nombre, a guardar mi secreto...

–Que usted, señor –dijo don Juan Manuel–, acaba de romper...

—Es que ahora ya no importa que usted lo sepa y hasta, como historiador que es, lo propale. Ahora ya... Basta, y adiós que tengo prisa.

Dio unos pasos como para salir y Elvira se abalanzó a él. Cogiole de un brazo, y blanca y fría y temblorosa como una nevada en torbellino, gimió:

—No, no te vayas; tú; quien quiera que seas, no te vayas. ¡No, no! Sé adónde vas. Quédate, tú, quédate... ¡Y perdóname! ¡Perdóname! Ahora he conocido al hombre. Ahora conozco que te quería, que el miedo que me infundías era amor, que por dentro...

—¿Dónde has leído esas cosas, mujer?

—¿Y quién le autoriza a usted, señor mío —exclamó el padre—, para tratar así a mi hija?

—¿Quién? Ella misma. Aunque decía tenerme miedo, me recibía y me esperaba. No me quería, no, como tampoco quería a Tulio Montalbán; pero si éste era para ella la leyenda, lo que está escrito, yo era el misterio, lo que hay que descifrar. Hombres, ni uno ni otro... Pero esto degenera en discusión, y yo no he venido sino a despedirme. ¡Adiós, pues, y hasta nunca!

—¡Padre!, ¡padre! —gimió Elvira—, detenle, no le dejes salir, mira que sé adónde va...

—¿Pero es que voy a retenerle aquí para siempre, hija?

—Hasta que vuelva a la razón, porque su hija, sin duda, me tiene por loco. ¿No es así, Elvira?

—Yo soy la que voy a volverme loca...

—No, lo estabas ya..., loca de aislamiento. ¡Adiós!

Ni el padre ni la hija se atrevieron a decirle más. Ella, Elvira, se cogió a su padre, se apretó contra él, hundió su cabeza en el pecho del acongojado señor y se quedó como quien escucha un rumor lejano.

—Espera..., oye... ¡Oh, esto es terrible!, esto es la muerte... ¿Has oído? —y lanzó un grito desgarrador.

—¿Es que ha sonado un tiro? —murmuró don Juan Manuel.

—Sí; es él, él..., ahí abajo, en el portal... ¡Ahora sí que le ha matado a Tulio Montalbán!

—Voy a verlo.

—Yo no, no..., no quiero verlo.

Se oyó la voz del criado que gritaba desde abajo: «¡Señor amo!». Don Juan Manuel se precipitó al portal y allí encontró el cuerpo del que había sido Tulio Montalbán y Julio Macedo. Apenas salido de la sala, se encontró en el portal, arrodillose en él, sobre las losas enmohecidas, y se dio un tiro en la sien.

—¡Llama a un médico, Pepe! Y vamos a desabrocharle el pecho...

—Todo es inútil, señor. Está ya muerto. El tiro ha sido de maestro.

Desabrocháronle, sin embargo, y le hallaron el retrato de Elvira Jacquetot, su mujer, y la primera carta de amor que ésta le había escrito. Y no llevaba más consigo, ningún documento.

—Todo esto parece un sueño —murmuró don Juan Manuel—. Y ahora mi pobre hija... Ya se truncó su vida. ¿Cómo va a poder salir ahora de su aislamiento?

7

Elvira recibió un paquetito que para ella había depositado Tulio Montalbán cuando decidió, por fin, quitarse la vida. Eran unas memorias, las *Memorias* de

Julio Macedo, escritas en los días que precedieron a su suicidio. En ellas trataba de explicar la diferencia entre el «hombre» y el «personaje», el que respira y goza o sufre en el silencio y la oscuridad del hogar –de hogar cálido y con compañera, o de hogar frío o de alquiler– y el que se agita y hace ruido en la historia de los pueblos. Era, a la vez, un alegato contra la *Vida de Tulio Montalbán* que escribiera el padre de la primera Elvira. El escrito llevaba por lema unas palabras en latín, tomadas del poema *De rerum natura,* de Tito Lucrecio Caro, aquellas del verso 58 de su libro III que dicen: *eripitur persona, manet res,* o sea: «desaparece la persona, queda la cosa.

Elvira no quiso leer estas *Memorias;* no creía poder resistir su lectura. Las leyó su padre, pero ella no consintió en que le contase nada de lo que allí se dijese. Y luego, tomando el escrito y juntándolo con el ejemplar de la *Vida de Tulio Montalbán,* sobre el que tanto había soñado, los dio al fuego y se estuvo contemplando las ondulaciones de las lentas llamas. Porque el libro tardó en consumirse al fuego.

Y era el mirar aquella llamarada como mirar el romperse de las olas espumantes entre los escollos de la costa de la isla. Y a la vez se quemaban sus ensueños, ensueños de espumosas olas costeras también.

Recogió piadosamente las cenizas de aquellos dos escritos, como si fuesen las de dos cuerpos que hubiesen palpitado con vida de carne y sangre y las guardó para ponerlas junto a los restos del suicida. Y se propuso no volver ya nunca al rellano de la roca que dominaba a la caleta del puerto ni a contemplar el paso de los lejanos buques que se iban llevando a los peregrinos del mundo, e ir, en cambio, en piadosa romería, escondida y recatada, a la tumba de Tulio-Julio, al pie del Pico de Toba, a escarbar allí en el aislamiento de su propia alma solitaria.

Lo rudo del golpe fue, empero, para el padre, para don Juan Manuel, que repetía: «¡Ahora sí que se acaban definitivamente los Solórzanos de la isla! Dentro de algunos años alguien de otro nombre, de otro linaje, quemará el retrato de don Diego para calentar su hogar, o para prepararse un guiso, ¿quién sabe? Y si aquí hubiese un museo insular...».

–En cuanto a lo del suicidio –solía decirle a su hija–, ya te tengo dicho que no te acongojes por ello, pues aquel hombre –y nunca le llamaba de otro modo– nació suicida. Bien claro se veía en la *Vida* que de él escribió su suegro, y bien claro se deducía de la lectura de aquellas *Memorias* que no quisiste leer. Tú no fuiste más que el pretexto, la ocasión para que se cumpliera su sino...

–Pero pude impedirlo... ¡Qué torpe, qué ciega estuve! Trunqué su vida y he truncado para siempre la mía. Porque esto es peor que el suicidio...

–Bueno, bueno, hija, que no te dé...

–¡No, nada temas, padre, tengo la cabeza firme!

–Sí, sí; sé que te gusta soñar y que no estás muy segura de que los muertos sueñen. Te gusta soñar en la muerte, que no es sino vivir...

–¿Vivir? ¿Y llamas vivir a esto que hacemos en esta isla?

–El mundo todo, hija mía, no es más que un islote. Llevo en él ya cerca de sesenta años y voy convenciéndome de que si los hubiese vivido en el eje mismo del torbellino de la historia, no habría a la hora de hoy atesorado más saber que el que poseo; sueño por sueño, ¿qué más da? Y estoy también convencido de que si tú hubieras llegado a ser la segunda Elvira de aquel hombre y en él se hubiesen continuado, aunque con otro nombre, los Solórzanos, no estaría hoy más consolado de haber tenido que nacer de lo que estoy.

–¿Y si aquel hombre –le preguntó su hija sonriendo tristemente– hubiese renunciado a nombre propio, pues que huía del que hizo resonante en su patria y aun fuera de ella, y adoptando el nuestro, el de los Solórzanos, lo hubiese hecho resonante también en la isla y aun fuera de ella? ¿Qué habrías dicho entonces?

–¿Lo ves, hija, lo ves? Eso le mató. No quiero revelarte, pues que me lo tienes prohibido que lo haga, la extraña filosofía que llenaba las hojas de las *Memorias* de aquel suicida; pero te aseguro que eso, eso que acabas de decir, le mató.

–¡Ah! Si pudiéramos irnos, emigrar, escaparnos, padre, para ir a perdernos en el ancho mundo, a no sentirnos, a no conocernos. El aislamiento no nos deja gozar de la soledad...

–¡Ay, hija mía!, la tragedia aquí es la de la necesidad. Fuera de aquí tendríamos que vivir casi de limosna y sin la seguridad del mañana. Es nuestra discreta pobreza la que nos hace soñar así...

–¡Trabajaré!

–¿Tú hija mía, tú? No sabes lo que es trabajar; no sabemos lo que es trabajar. Nos pasamos la vida en un sueño...

–¡Si fuese al menos un sueño como la vida de Tulio Montalbán!

—Siempre lo mismo, hija mía; deja que otros hagan historia y nosotros la contemplaremos. ¿Por qué empeñarnos en ser actores todos? Algunos han de contentarse con ser espectadores... ¡Esa historia..., esa terrible historia de ese hombre! Toda la ciudad, todo el pueblo nos señala con el dedo; apenas podemos salir ya; ésta es la casa de la tragedia misteriosa, de la tragedia del hombre misterioso que se suicidó en el umbral, antes inmaculado, de nuestro hogar solariego, ¡el de los Solórzanos!

—¿Antes? ¡Y ahora! ¿O es que hay en nuestro hogar mancha?

—¡Sí, de sangre!, ¡de su sangre!, ¡de la sangre de ese hombre! Desde aquel día no cruzo ese umbral sin cerrar los ojos; entro y salgo en nuestra casa, en el solar isleño de los Solórzanos, tanteando las paredes para no tropezar. Acabaré por quedarme ciego...

—¡Padre!, ¡padre!, ¡padre!

—¡Es todo lo que he llegado a ver de la historia! ¡Es el único documento vivo que he visto con mis ojos! No, no puedo. Aun cerrando los ojos le veo de rodillas atravesándose con un pedazo de plomo el seso que forjó tantas locuras...

—¡Cállate, padre, cállate!

—No, no debo callarme aquí donde nadie nos oye, no debo callarme. Donde he de callarme es fuera, en la calle, entre los demás. Y son ellos los que se callan al verme llegar. No, no me callaré, aquí donde nadie nos oye.

—¿Nadie?

—¿Y quién nos oye?

—¿Quién? ¡Don Diego de Solórzano, el que está en la sala!

—Tú te has vuelto loca, hija mía, loca como él; él te ha vuelto loca. Y menos mal si no te diera por...

—¿Para qué? ¿Es que acaso vivimos, padre? ¡No merece la pena!

—Ahora me acuerdo de aquello tan terrible que me contaste que te había dicho él, aquello de que deseó volver al seno de la madre de que había salido. ¡Es una idea diabólica!

—No lo veo yo así... ¿Y tú, padre, no has deseado alguna vez volver a ser lo que eras cuando don Diego de Solórzano conquistó y pobló esta isla y nos amarró, ya desde entonces, a ella?

—¡Pero qué cosas se te ocurren hija mía!

—Lo extraño es que no se te hayan ocurrido a ti que vives en papeles viejos, si no de ellos.

—¡De ellos, no, hija mía, de ellos, no! ¡No se vive de pergaminos!

—Ni de historia, según parece. La historia mata...

—A los que la hacen, no a los que la contemplan...

—A todos, padre, a todos. Al final desaparece la persona y queda la cosa, como dices que decía el lema de esas *Memorias* que reduje a cenizas sin leerlas. Y cenizas es ya mi memoria... ¡Ceniza después de carnaval!

—¡Y nosotros... cosas!

La sombra de la noche arropó al viejo y callado hogar solariego isleño de los Solórzanos coloniales. Y en su umbral lamía los muros, como una llama lenta, un recuerdo de sangre.

Apéndice
Prólogo a San Manuel Bueno, mártir, y tres historias más

En 1920 reuní en un volumen mis tres novelas cortas o cuentos largos, *Dos madres, El marqués de Lumbría* y *Nada menos que todo un hombre,* publicadas antes en revistas, bajo el título común de *Tres novelas ejemplares y un prólogo.* Éste, el prólogo, era también, como allí decía, otra novela. Novela y no *nivola.* Y ahora recojo aquí tres nuevas novelas bajo el título de la primera de ellas, ya publicada en *La Novela de Hoy,* número 461 y último de la publicación, correspondiente al día 13 de marzo de 1931 –estos detalles los doy para la insaciable casta de los bibliógrafos–, y que se titulaba: *San Manuel Bueno, mártir.* En cuanto a las otras dos: *La novela de don Sandalio, jugador de ajedrez* y *Un pobre hombre rico o el sentimiento cómico de la vida,* aunque destinadas en mi intención primero para publicaciones periódicas –lo que es económicamente más provechoso para el autor–, las he ido guardando en espera de turno, y al fin me decido a publicarlas aquí sacándolas de la inedición. Aparecen, pues, éstas bajo el patronato de la primera, que ha obtenido ya cierto éxito.

En efecto, en *La Nación*, de Buenos Aires, y algo más tarde en *El Sol*, de Madrid, número del 3 de diciembre de 1931 –nuevos datos para bibliógrafos–, Gregorio Marañón publicó un artículo sobre mi *San Manuel Bueno, mártir,* asegurando que ella, esta novelita, ha de ser una de mis obras más leídas y gustadas en adelante como una de las más características de mi producción toda novelesca. Y quien dice novelesca –agrego yo– dice filosófica y teológica. Y así como él pienso yo, que tengo la conciencia de haber puesto en ella todo mi sentimiento trágico de la vida cotidiana.

Luego hacía Marañón unas brevísimas consideraciones sobre la desnudez de la parte puramente material en mis relatos. Y es que creo que dando el espíritu de la carne, del hueso, de la roca, del agua, de la nube, de todo lo demás visible, se da la verdadera e íntima realidad, dejándole al lector que la revista en su fantasía.

Es la ventaja que lleva el teatro. Como mi novela *Nada menos que todo un hombre,* escenificada luego por Julio de Hoyos bajo el título de *Todo un hombre,* la escribí ya en vista del tablado teatral, me ahorré todas aquellas descripciones del físico de los personajes, de los aposentos y de los paisajes, que deben quedar al cuidado de actores, escenógrafos y tramoyistas. Lo que no quiere decir, ¡claro está!, que los personajes de la novela o del drama escrito no sean tan de carne y hueso como los actores mismos, y que el ámbito de su acción no sea tan natural y tan concreto y tan real como la decoración de un escenario.

Escenario hay en *San Manuel Bueno, mártir*, sugerido por el maravilloso y tan sugestivo lago de San Martín de Castañeda, en Sanabria, al pie de las ruinas de un convento de bernardos y donde vive la leyenda de una ciudad, Valverde de Lucerna, que yace en el fondo de las aguas del lago. Y voy a estampar aquí dos poesías que escribí a raíz de haber visitado por primera vez ese lago el día primero de junio de 1930. La primera dice:

> *San Martín de Castañeda,*
> *espejo de soledades,*
> *el lago recoge edades*
> *de antes del hombre y se queda*
> *soñando en la santa calma*
> *del cielo de las alturas*
> *en que se sume en honduras*
> *de anegarse, ¡pobre!, el alma...*
> *Men Rodríguez, aguilucho*
> *de Sanabria, el ala rota,*
> *ya el cotarro no alborota*
> *para cobrarse el conducho.*
> *Campanario sumergido*
> *de Valverde de Lucerna,*
> *toque de agonía eterna*
> *bajo el caudal del olvido.*
> *La historia paró, al sendero*
> *de San Bernardo la vida*
> *retorna, y todo se olvida*
> *lo que no fuera primero.*

Y la segunda, ya de rima más artificiosa, decía y dice así:

> *Ay, Valverde de Lucerna,*
> *hez del lago de Sanabria,*
> *no hay leyenda que dé cabria*
> *de sacarte a luz moderna.*
> *Se queja en vano tu bronce*
> *en la noche de San Juan,*
> *tus hornos dieron su pan,*
> *la historia se está en su gonce.*
> *Servir de pasto a las truchas*
> *es, aun muerto, amargo trago;*
> *se muere Riba de Lago,*
> *orilla de nuestras luchas.*

En efecto, la trágica y miserabilísima aldea de Riba de Lago, a la orilla del de San Martín de Castañeda, agoniza y cabe decir que se está muriendo. Es de una desolación tan grande como la de las alquerías, ya famosas, de Las Hurdes. En aquellos pobrísimos tugurios, casuchas de armazón de madera recubierto de adobes y barro, se hacina un pueblo al que ni le es permitido pescar las ricas truchas en que abunda el lago y sobre las que una supuesta señora creía haber heredado el monopolio que tenían los monjes bernardos de San Martín de Castañeda.

Esta otra aldea, la de San Martín de Castañeda, con las ruinas del humilde monasterio, agoniza también junto al lago, algo elevada sobre su orilla. Pero ni Riba de Lago, ni San Martín de Castañeda, ni Galende, el otro pobladillo más cercano al lago de Sanabria —este otro mejor acomodado—, ninguno de los tres puede ser ni fue el modelo de mi Valverde de Lucerna. El escenario de la obra de mi don Manuel Bueno y de

Angelina y Lázaro Carballino supone un desarrollo mayor de vida pública, por pobre y humilde que ésta sea, que la vida de esas pobrísimas y humildísimas aldeas. Lo que no quiere decir, ¡claro está!, que yo suponga que en éstas no haya habido y aun haya vidas individuales muy íntimas e intensas, ni tragedias de conciencia.

Y en cuanto al fondo de la tragedia de los tres protagonistas de mi novelita, no creo poder ni deber agregar nada al relato mismo de ella. Ni siquiera he querido añadirle algo que recordé después de haberlo compuesto –y casi de un solo tirón–, y es que al preguntarle en París una dama acongojada de escrúpulos religiosos a un famoso y muy agudo abate si creía en el infierno y responderle éste: «Señora, soy sacerdote de la Santa Iglesia Católica Apostólica Romana, y usted sabe que en ésta la existencia del infierno es verdad dogmática o de fe», la dama insistió en: «Pero usted, monseñor, ¿cree en ello?», y el abate, por fin: «¿Pero por qué se preocupa usted tanto, señora, de si hay o no infierno, si no hay nadie en él...?». No sabemos que la dama le añadiera esta otra pregunta: «Y en el cielo, ¿hay alguien?».

Y ahora, tratando de narrar la oscura y dolorosa congoja cotidiana que atormenta al espíritu de la carne y al espíritu del hueso de hombres y mujeres de carne y hueso espirituales, ¿iba a entretenerme en la tan hacedera tarea de describir revestimientos pasajeros y de puro viso? Aquí lo de Francisco Manuel de Melo en su *Historia de los movimientos, separación y guerra de Cataluña en tiempo de Felipe IV, y política militar,* donde dice: «He deseado mostrar sus ánimos, no los vestidos de seda, lana y pieles, sobre que tanto se desveló un historiador grande de estos años, estimado en el mundo». Y el colosal Tucídides, dechado de historiadores, desdeñando esos realismos, aseguraba haber querido escribir «una cosa para siempre, más que una pieza de certamen que se oiga de momento». ¡Para siempre!

Pero voy más lejos aún, y es que no tan sólo importan poco para una novela, para una verdadera novela, para la tragedia o la comedia de unas almas, las fisonomías, el vestuario, los gestos materiales, el ámbito material, sino que tampoco importa mucho lo que suele llamarse el argumento de ella. Y es lo que creo haber puesto de manifiesto en *La novela de don Sandalio, jugador de ajedrez*. Claro está que esta novela sin argumento no puede llevarse a la pantalla del cinematógrafo; pero ésta creo que es su mayor y mejor excelencia. Porque así como estimo que los mejores versos líricos no pueden llevarse a la lira, no son cantables, y que la música no hace sino estropear su recitado, de modo que como hay romanzas sin palabras hay romances sin romanza, así también estimo que los mejores y más íntimos dramas no son peliculables, y que el que escriba en vista de la pantalla ha de padecer mucho por ello. Mi don Sandalio está libre de ella, de la pantalla, me figuro.

Don Sandalio es un personaje visto desde fuera, cuya vida interior se nos escapa, que acaso no la tiene; es un personaje que no monologa como tantos otros personajes novelescos o *nivolescos* –para este término véase mi *Niebla*–, pero que aun así no cabe en la pantalla. En la que no se puede proyectar, como suele hacerse, sus ensueños, sus monólogos.

¿Monólogos? Lo que así se llama suelen ser monodiálogos, diálogos que sostiene uno con los otros que son, por dentro, él, con los otros que componen esa sociedad de individuos que es la conciencia de cada individuo. Y ese monodiálogo es la vida interior que en cierto modo niegan los llamados en América *behavioristas*, los filósofos de la conducta, para los que la conciencia es el misterio inasequible o lo inconocible.

¿Pero es que mi don Sandalio no tiene vida interior, no tiene conciencia o sea consaber de sí mismo, es que no monodialoga? ¿Pues qué es una partida de ajedrez sino un monodiálogo, un diálogo que el jugador mantiene con su compañero y competidor de juego? Y aun más, ¿no es un diálogo y hasta una controversia que mantienen entre sí las piezas todas del tablero, las negras y las blancas?

Véase, pues, cómo mi don Sandalio tiene vida interior, tiene monodiálogo, tiene conciencia. Sin que a ello empezca el que su hija, su hija misteriosa para el observador de fuera, fuese como otro alfil, otra torre u otra reina.

Y como en el epílogo a esa novela he dicho ya cuanto a este respecto había que decir, no es cosa de que ahora recalque sobre ello, no sea que alguien se figure que cuando he escrito novelas ha sido para revestir disquisiciones psicológicas, filosóficas o metafísicas. Lo que después de todo no sería sino hacer lo que han hecho todos los novelistas dignos de este nombre, a sabiendas o no de ello. Todo relato tiene su sentido trascendente, tiene su filosofía, y nadie cuenta nada sin otra finalidad que contar. Que contar nada, quiero decir. Porque no hay realidad sin idealidad.

Y si alguien dijera que en este relato de la vida de don Sandalio me he puesto o mejor me he entrometido y entremetido yo más que en otros relatos –¡y no es poco!–, le diré que mi propósito era entrometerle y entremeterle al lector en él, hacer que se dé cuenta de que no se goza de un personaje novelesco sino cuando se le hace propio, cuando se consiente que el mundo de la ficción forme parte del mundo de la permanente realidad íntima. Por lo menos de la realidad terráquea.

«¿*Terráquea?* –dirá el lector–. ¿Y eso?» Pues que hay una porción de nombres, sustantivos y adjetivos, a los que hay que libertar de su confinamiento. Así, por ejemplo, de *tierra* derivan los adjetivos *térreo, terroso, terreno, terrenal, terrestre* y *terráqueo,* pero éste queda confinado al globo –el globo terráqueo–. Y si lo aplicamos a otro sustantivo, haremos que el lector pare mientes en ambos. Será como una llamada de atención o acaso una piedra de escándalo o tropiezo. Un adjetivo convexo, así como en la gramática arábiga se nos habla de verbos cóncavos.

Sólo haciendo el lector, como hizo antes el autor, propios los personajes que llamamos de ficción, haciendo que formen parte del pequeño mundo –el microcosmo– que es su conciencia, vivirá en ellos y por ellos. ¿No vive acaso Dios, la Conciencia Universal, en el gran mundo –el macrocosmo–, en el Universo que al soñarlo crea? ¿Y qué es la historia humana sino un sueño de Dios? Por lo cual yo, a semejanza de aquella sentencia medieval francesa de *Gesta Dei per francos,* o sea «Hechos de Dios por medio de los francos», forjé esta otra de: *Somnia Dei per hispanos,* «Sueños de Dios por medio de los hispanos». Que los que vivimos la sentencia calderoniana de que «la vida es sueño» sentimos también la shakespeariana de que estamos hechos de la estofa misma de los sueños, que somos un sueño de Dios y que nuestra historia es la que por nosotros Dios sueña. Nuestra historia y nuestra leyenda y nuestra épica y nuestra tragedia y nuestra comedia y nuestra novela, que en uno se funden y confunden los que respiran aire espiritual en nuestras obras de imaginación y nosotros que respiramos aire natural en la obra de la imaginación, del ensueño de Dios. Y no queramos pensar en que se despierte. Aunque, bien considerado, el despertarse es dejar de dormir, pero no de soñar y de soñarse. Lo peor sería que Dios se durmiese a dormir sin soñar, a envolverse en la nada.

Y queda *Un pobre hombre rico o el sentimiento cómico de la vida.* ¿Por qué le puse este segundo miembro, este estrambote, a su propio título? No sabría decirlo a ciencia cierta. Desde luego, acordándome de la obra que me ha valido más prestigio –*praestigia,* en latín, quiere decir engaño, ilusión– entre los hombres de espíritu serio y reflexivo, o sea religioso. ¿Es que yo suponía que esta novelita iba a ser como el sainete que sigue a la tragedia, o como una juguetona raza de sol al salir de una caverna lúgubre y lóbrega? ¡Qué sé yo...!

Hace unos años esparció por Madrid Eusebio Blasco un sucedido con un dicharacho que se hizo proverbial en gracia a su gracejo. Y fue que contó que en una reunión de familias de Granada, la dueña de la casa, al dirigirse a un caballero, empezó: «Dígame... Pero, antes: ¿se llama usted Sainz Pardo, o Sanz Pardo, o Sáez de Pardo?». A lo que el aludido respondió: «Es igual, señora; la cuestión es pasar el rato». Y más tarde agregué yo a esta sentencia: «... sin adquirir compromisos serios», redondeándola así.

¡La cuestión es pasar el rato! Etimológicamente, el rato es el *rapto*, el arrebato. Y la cuestión es pasar el arrebato, pero sin dejarse arrebatar por él, sin adquirir compromiso serio, sin comprometerse. De otro modo le llamamos a esto matar el tiempo. Y matar el tiempo es la esencia acaso de lo cómico, lo mismo que la esencia de lo trágico es matar la eternidad.

El sentimiento más cómico, y sobre todo en amor —o lo que lo valga—, es el de no comprometerse. Lo que lleva a los mayores compromisos. Así como hay un cómico fatal, trágico, en las señoras de inciertad edad, presas de la menopausia, que no pueden ya comprometerse.

Lo mismo en mi obra *El sentimiento trágico de la vida* que en *La agonía del cristianismo,* el cogollo humano lo forma la cuestión de la maternidad y la paternidad, de la perpetuidad de la especie humana, y en esta novelita vuelve en otra forma, y sin que yo me lo hubiese propuesto al escribirla, sino que me he dado cuenta de ello después de escrita, vuelve la misma eterna y temporal cuestión. ¿Y es que el hombre y con él su mujer se dan a propagarse para conservarse, o se dan a conservarse para propagarse? Y no quiero sacar aquí a colación al profeta puritano Malthus.

Si a alguien le pareciere mal que junte en un tomo a *San Manuel Bueno* con *Un pobre hombre rico*, póngase a reflexionar y verá qué íntimas profundas relaciones unen al hombre que comprometió toda su vida a la salud eterna de sus prójimos, renunciando a reproducirse, y al que no quiso comprometerse, sino ahorrarse.

Si me dejase llevar de mi afición a las digresiones más o menos pertinentes –la cuestión es hacer pasar el rato al lector sin comprometerle demasiado la atención–, me daría a rebuscar por qué a los personajes de esta mi novelita les llamé como les llamé y no de otro modo, por qué a Rosita Rosita, y no Angustias, Tránsito –eso es: muerte–, Dolores –Lolita– o Soledad –Solita–, o tal vez Amparito, Socorrito o Consuelito –Chelito–, o Remedita, diminutivo de Remedios, nombres tan significativos y alusivos. Pero esta digresión me llevaría demasiado lejos, enredándome en no sé qué ringlera de conceptismo que tanto se me puede echar en cara.

¡Conceptismo! He de confesar, ¡por Quevedo!, que en esta novelita he procurado contar las cosas a la pata la llana, pero no he podido esquivar ciertos conceptismos y hasta juegos de palabras con que distraer unas veces y atraer otras la atención del lector. Porque el conceptismo te es muy útil, lector desatento. Y te lo voy a explicar.

Tengo imaginado hace tiempo haber de escribir un tratado de *La razón y el ser*, en el que trate de la razón de ser, la razón de no ser, la sinrazón de ser y la sinrazón de no ser –no te estoy tomando el pelo con camelos–, y en el cual exponga todos los más corrientes y molientes lugares comunes en otra forma que aquella en que son consabidos, y con el sano propósito de renovarlos. Pues hace ya bastantes años que escandalicé a los que entonces redactaban un semanario de la ramplonería que se titulaba *Gedeón*, por decir que repensar los lugares comunes es el mejor medio de librarse de su maleficio, sentencia que le pareció no sé si un camelo, una paradoja o un embolismo a Navarro Ledesma. Pues bien, para los lectores gedeónicos he de escribir mi *La razón y el ser*.

Si, pongo por caso, llegase a escribir en ese mi tratado, *intringulisizando*, como me dice un amigo, que «la razón de no ser hoy la monarquía en España no presupone la sinrazón de serlo cuando lo fue en tantos entonces», lo haría para que al tropezar el lector adrede atento, no el gedeónico, en este mi hacer frases y lugares propios –o apropiados–, no fuera a dormirse en la rodera de las frases hechas y los lugares comunes. Que si eso no sería sino decir lo que ya tantas veces se ha dicho en otras formas, en una forma nueva, en reforma de expresión, serviría para lograr la conformidad del lector antes desatento.

Leyendo el *Criticón* del padre Baltasar Gracián, S. J., me ha irritado su afán por los juegos de palabras y los retruécanos; pero después me he dado a pensar que el famoso diálogo *Parménides*, del divino Platón, no es en gran parte más que un enorme –esto es: fuera de norma– retruécano metafísico. Y se me ha contagiado no poco de nuestro Gracián. Así él dice una vez que no hay que tomar a pechos lo que se puede echar a espaldas, a lo que pongo esta nota marginal: «Desde que sentí el espaldarazo de Dios, haciéndome su caballero, no son las espaldas sino los pechos los que debo tener guardados, y no encogerme de ellos, sino ir de avance».

Y basta, pues no vaya el lector, en vista de estas intringulisadas explicaciones, a creer que la novelita de que aquí trato se escribiese para otra cosa que para divertirle. Para divertirle y no para convertirle. ¡Como si, por otra parte, no fuese poca conversión una distracción! Y aquí permítame el lector –¡no lo volveré a hacer en este prólogo!– otra digresión o diversión lingüística, y es que del participio latino *diversus*, de *divertere*, verter de lado, apartar una corriente, viene nuestro *divieso* –como de *traversus* viene travieso, y de *adversus* avieso–, y que no pocas diversiones nos traen y nos resultan diviesos más o menos malignos. Pero no quiero, lector, serte tan avieso ni ser tan travieso que te llene de diviesos este escrito.

¿Juegos de palabras? Sin duda que pueden ser peligrosos, pero no tanto como los juegos de manos, que suelen ser peligrosísimos. Por algo se dijo lo de «juegos de manos, juegos de villanos». ¿Y los de palabras? En el *Cantar de myo Cid*, Per Vermúdez le arguye a Ferrando, uno de los infantes de Carrión y yernos de Rodrigo Díaz de Vivar, diciéndole (versos 3326 y 3327):

> *¡E eres fermoso, mas mal varragán!*
> *Lengua sin manos, ¿cuemo osas fablar?*

«Lengua sin manos, ¿cómo te atreves a hablar?» Y Celedonio Ibáñez, el de esta mi novelita –o *nivoleta*–, le decía una vez a Emeterio Alfonso, su protagonista, comentando ese venerable texto de nuestro primer vagido poético castellano, así: «Sí, malo será que una lengua sin manos ose hablar, pero es peor acaso que unas manos sin lengua se atrevan a obrar. ¡Manos sin lengua! ¿Te das cuenta, Emeterio, de lo que esto significa?». Y aquí Celedonio sonreía socarronamente para socarrar los escrúpulos de Emeterio. Aunque, por mi parte, me doy cuenta de que no son lo mismo juegos de palabras que juegos de lengua, aunque no pocas veces aquéllos conduzcan a éstos.

Y ahora se le presentará a algún lector descontentadizo esta cuestión: ¿por qué he reunido en un volumen, haciéndoles correr la misma suerte, a tres novelas de tan distinta, al parecer, inspiración? ¿Qué me ha hecho juntarlas?

Desde luego que fueron concebidas, gestadas y paridas sucesivamente y sin apenas intervalos, casi en una ventregada. ¿Habría algún fondo común que las emparentara?, ¿me hallaría yo en algún estado de ánimo especial? Poniéndome a pensar, claro que a redromano, o *a posteriori,* en ello, he creído darme cuenta de que tanto a don Manuel Bueno y a Lázaro Carballino como a don Sandalio el ajedrecista y al corresponsal de Felipe que cuenta su novela y, por otra parte, no tan sólo a Emeterio Alfonso y a Celedonio Ibáñez, sino a la misma Rosita, lo que les atosigaba era el pavoroso problema de la personalidad, si uno es lo que es y seguirá siendo lo que es.

Claro está que no obedece a un estado de ánimo especial en que me hallara al escribir, en poco más de dos meses, estas tres novelitas, sino que es un estado de ánimo general en que me encuentro, puedo decir que desde que empecé a escribir. Ese problema, esa congoja, mejor, de la conciencia de la propia personalidad –congoja unas veces trágica y otras cómica– es el que me ha inspirado para casi todos mis personajes de ficción. Don Manuel Bueno busca, al ir a morirse, fundir –o sea salvar– su personalidad en la de su pueblo, don Sandalio recata su personalidad misteriosa, y en cuanto al pobre hombre Emeterio, se la quiere reservar, ahorrativamente, para sí mismo, y al fin sirve a los fines de otra personalidad.

¿Y no es, en el fondo, este congojoso y glorioso problema de la personalidad el que guía en su empresa a Don Quijote, el que dijo lo de «¡yo sé quién soy!» y quiso salvarla en alas de la fama imperecedera? ¿Y no es un problema de personalidad el que acongojó al príncipe Segismundo, haciéndole soñarse príncipe en el sueño de la vida?

Precisamente ahora, cuando estoy componiendo este prólogo, he acabado de leer la obra *O lo uno o lo otro (Enten-Eller)* de mi favorito Sören Kierkegaard, obra cuya lectura dejé interrumpida hace unos años –antes de mi destierro–, y en la sección de ella que se titula «Equilibrio entre lo estético y lo ético en el desarrollo de la personalidad» me he encontrado con un pasaje que me ha herido vivamente y que viene como estrobo al tolete para sujetar el remo –aquí pluma–

con que estoy remando en este escrito. Dice así el pasaje:

«Sería la más completa burla al mundo si el que habría expuesto la más profunda verdad no hubiera sido un soñador sino un dudador. Y no es impensable que nadie pueda exponer la verdad positiva tan excelentemente como un dudador; sólo que éste no la cree. Si fuera un impostor, su burla sería suya; pero si fuera un dudador que deseara creer lo que expusiese, su burla sería ya enteramente objetiva; la existencia se burlaría por medio de él; expondría una doctrina que podría esclarecerlo todo, en que podría descansar todo el mundo; pero esa doctrina no podría aclarar nada a su propio autor. Si un hombre fuera precisamente tan avisado que pudiese ocultar que estaba loco, podría volver loco al mundo entero».

Y no quiero aquí comentar ya más ni el martirio de Don Quijote ni el de don Manuel Bueno, martirios quijotescos los dos.

Y adiós, lector, y hasta más encontrarnos, y quiera Él que te encuentres a ti mismo.

Madrid, 1932

Había cerrado en intención este prólogo, dándole ya por concluido, cuando he aquí que del mal ordenado acervo de mis publicaciones periódicas, de mi archivo de escritos impresos, saca uno de mis familiares una novelita que tenía yo ya olvidada, y es la que con el título de *Una historia de amor* apareció en el número del 22 de diciembre de 1911 –hace ya cerca de veintidós años– de *El Cuento Semanal*.

Tan olvidada la tenía, que al reaparecer apenas recordaba sino alguno de los grabados que la ilustraban –como se dice–, y el nombre de la heroína: Liduvina. Y no he querido volver a leerla. ¿Para qué? Aunque decidiendo, eso sí, que se agregue a las otras tres y forme con ellas este cuaderno de novelas cortas. Prefiero darla así a la prensa, sin revisarla, sin releerla, no sea que me dé por comentarla al cabo de más de veinte años. Y váyase a la prensa. Y ni siquiera he de corregir las pruebas.

Sólo hay un al parecer detalle, que no debo dejar pasar sin comentario, y es la selección que hice del nombre de la heroína de esa historia de amor que escribí a mis cuarenta y siete años, nombre que es lo que de ella recordaba: Liduvina.

¡Liduvina! ¿Por qué me ha perseguido ese nombre, ya que a otra de mis figuras femeninas, a una de *Niebla,* le di el mismo? Y conste que no recuerdo a ninguna mujer que llevara ese nombre, y eso que no es tan raro en la región salmantina.

Hay desde luego un motivo lingüístico, y es que de Liduvina han hecho Ludivina, y luego, por lo que se llama etimología popular, Luzdivina. ¿Pero es que no hay una íntima relación, claro que inconciente para el pueblo, entre Liduvina y Luzdivina?

El nombre de Liduvina viene de Santa Lidwine de Schiedam, aquella monjita holandesa cuya vida narró, uno de los últimos, Huysmans, pues que se prestaba a ciertas truculencias místicas –o mejor ascéticas– del converso literario. Aquella santita que vivió sufriendo en su macerado cuerpecillo, que pedía al Señor que le trasladara todos aquellos sufrimientos corporales que no pudiesen soportar otros fieles sin sentirse arrastrados a la desesperación o acaso a la blasfemia. Y cuando la pobrecita se vio en trance de muerte, pidió que su carne se derritiese en grasa con que se alimentara la lámpara del santuario del Santísimo. Pidió derretirse de amor.

En uno de mis escritos periódicos la llamé a la santita holandesa almita de luciérnaga. De luciérnaga y no de estrella. Es en el cielo espiritual, no una estrella, sino una luciérnaga. Y es que la lumbrecita de la luciérnaga es luz más divina que la del Sol y la de cualquiera estrella. Pues en ser viviente como es la luciérnaga, creemos que su lucecita, perdida entre yerba, sirve al amor, al tiro de la pareja, tiene un para qué vital, mientras que la del Sol... Y si se nos dijere que esto es finalismo, teleología, diremos que la teleología es teología, que Dios no es un por qué, sino un para qué.

Cuenta la Biblia que cuando el profeta Elías, yendo por el desierto, se metió en una cueva del monte Horeb, se le llegó Jehová, pero no en el huracán que rompía los peñascos, ni en el terremoto que se le siguió, ni en el fuego, sino en un «susurro apacible y delicado». Y así Dios se nos revela mejor en la lucecita de la luciérnaga que no en la lumbre encegadora del Sol. El corazón tiene también su luz –me lo dice el lector ese desconocido– que sube a las niñas de los ojos, y éstos miran para ver y no para no ver –*invidere*–, no para envidiar, no para desver, no para aojar o hacer mal de ojo. Y hay quien al mirar así ilumina lo que mira, y lo admira. Por su parte –lector mío desconocido–, el ardor del seso se va a las manos y a los dedos de éstas y a las yemas de los dedos. Y es lo que llaman la acción para diferenciarla de la contemplación.

Como no he releído *Una historia de amor*, no recuerdo si la monjita de aquella novela tiene algo de la santita holandesa, de aquella alma de luciérnaga que pedía derretirse de amor en la lámpara del santuario dando luz divina. Quédese mi Liduvina de hace veintidós años como la engendré entonces.

Y ahora, basta ya de prólogo, que si me dejo llevar de él voy a dar en lo más peligroso, cual es ponerme a comentar los sucesos —que no hechos— políticos y sociales de esta España de 1933. ¡Atrás!, ¡atrás! Ésta sería otra novela, la novela de un prólogo que se parecería a mi *Cómo se hace una novela*, el más entrañado y dolorido relato que me haya brotado del hondón del alma, y que escribí en aquellos días de mi París, en 1925.

Adiós, pues, lector.

Madrid, marzo 1933

Índice

Nota del editor 7

La novela de don Sandalio, jugador de ajedrez... 27
Un pobre hombre rico o El sentimiento cómico
de la vida... 75
Una historia de amor 117
Tulio Montalbán y Julio Macedo........................ 159

Apéndice.   Prólogo a San Manuel Bueno, mártir, y tres historias más 193